クールな御曹司の溺愛ペットになりました

目次

クールな御曹司の溺愛ペットになりました

プロローグ

猫がゴロゴロと喉を鳴らすのは、幸せを感じていたり飼い主になにか訴えたりしているから。

今の私はまさに猫。一成《いっせい》さんに飼われる猫だ。

「あっ、やっ……一成さ……ん、っく」

「嫌なのか？」

「……や、じゃない……、あっ、あんっ」

するりと差し込まれた手がつーっと肌を滑り、そして敏感な部分に触れる。

「あっ……」

すでにねっとりと濡れてしまった部分が恥ずかしくて慌てて足を閉じたけれど、いとも簡単にこじ開けられて身体がビクンと跳ねた。こじ開けられたのか、それとも誘導されて自分で開いたのか、もう思考はだいぶ遠くへいっている。

「もうこんなに濡らして。千咲《ちさき》は正直で可愛いな」

「あっ、言わないでっ……あっ」

優しく、けれど執拗に攻め立てられた秘部はビクビクと脈を打つ。

押し寄せてくる快感にふるふると身体を震わせ、一成さんのシャツを握りしめた。

「いっせ……いさん……、わたし……もう……」

息も絶え絶えに訴えるも、一成さんは「まだダメだ」と耳元で甘く囁く。

お預けにされて涙目になった私に、一成さんは柔らかな視線を向けた。

節ばって男らしいのに長く綺麗な指が、ワイシャツのボタンを手早く外す。一成さんの肌が徐々にあらわになっていく様は、目が離せないほどに美しい。普段シャツで見えないその部分は、想像よりもはるかに引き締まっていて、その身体のラインを眺めるだけで心臓がバクンバクンと音を立てた。

「……かっこいいです、一成さん」

一成さんの身体を見るのは初めてじゃないのに、見る度にいつもそう思う。

とても綺麗で美しい。

男性をそんな風に思うのは変だろうか。

「千咲もとても綺麗だ。ずっと眺めていたい」

私を見下ろす一成さんはとんでもなく艶っぽくて魅力的で、一成さんに抱かれる私はなんて幸せなのだろうと胸が熱くなる。

ほしい……一成さんがほしい。

「どうした？　そんな目で見て」

「ん……、一成さんの意地悪」

一成さんはくっと口角を上げる。

「どうしてほしい？」

囁きが、ゾクリと鼓膜を震わす。

甘い言葉を発した唇は、身体のあらゆる部分にキスを落としていく。

びくびくと感じながら限界を迎えた私は一成さんに目で訴えるけれど、彼は余裕の眼差しで私を眺めるだけ。触れそうで触れない微妙なラインを擦《こす》られ、「はぁ、んっ」と吐息が漏れた。

「ほら、ちゃんとおねだりして。なにをしてほしいんだ？」

一成さんは意地悪だ。わかってるくせに。絶対私に言わせようとする。抵抗してもじらされるばかりで、いつも私が先に根負けしてしまうのだけど。

一成さんの昂《たかぶ》った熱いモノがあてられる。だけどそれ以上はしてくれなくて……

「……一成さんのが……ほしい……です。入れて……ください」

羞恥に耐えながら口にすれば「いい子だ」と甘いキスを一つ。

それが合図であるかのように、私の中をこじ開けて入ってくる硬くて熱い楔《くさび》。深く差し込まれたそれは最奥を探るようにゆっくりと、けれどしっかりと貫いていく。

「んっ、くぅっ……」

「くっ、……好きだ、千咲」

「わ、私も。一成さん……んっ、くっ、ああっ」

痺れるような感覚に背が弓なりに反る。一成さんはそんな私を優しく抱きしめながら、呼吸を荒くした。

二人の熱い吐息が交じり合う。

この瞬間がいつも夢のよう。

いつまでも抱いていてほしい。

繋がっていたい。

ずっとずっと、あなたが好きだった。

私は一生この愛に溺れていたいの——

第一章　秘書として

寒い北風がだんだんと春の暖かい風に変わる頃。

親友の夏菜《かな》の家に遊びに来ていた私は、夏菜のお兄さんである一成さんに告白をした。

「私、一成さんが好きです」

もう、一生分の勇気を使ったと思う。握りしめた拳《こぶし》がプルプルと震える。きっと顔も真っ赤だ。

それに対して一成さんがどんな顔をしていたのか、記憶にない。

ただ――

「千咲、ありがとう。俺も好きだよ。でも今は付き合えない」

一世一代の大勝負はなんともあっけなく、見事に玉砕。

クールな一成さんは小さな微笑みとともに私の頭を撫で、そして何事もなかったかのように去って行った。

片山《かたやま》千咲、高校二年生、恋破れたり。

四月からは三年生で受験生。ああ、これで受験にも身が入るってものだ。なんて自分を慰めてみたりして。

かたや塚本《つかもと》一成さんは、二十二歳の大学四年生。四月からは社会人になり、一人暮らしをするために実家を出て行くらしい。

そんな情報を夏菜から得て、私はほうっと胸を撫で下ろした。だって失恋したのにその相手がいる家に遊びに行くのは気が引ける。いなくなってくれるのはむしろ好都合といえよう。

ほっとした気持ちと残念な気持ちが入り混じっている。

失恋したんだから会えなくてよかったじゃないか。

そう思うのに……

まったく会えなくなって、心にぽっかり穴が空いた。

ふとした瞬間にぼんやりとしてしまう。一成さんは今なにをしているのだろうと、考えてしまう。

どうやら失恋の痛手は大きかったようだ。

ああ、これは夢だ。夢に違いない。現実を見たくなくて目を閉じる。寝て起きたらまだ私は一成さんに告白していなくて、きっとなんでもない、いつもの日常が始まるの。

次に目を覚ましたとき、そこは自分のベッドの上で、高校生ではない大人の私だった。

「はあ、またあの夢を見てしまった」

ため息とともに独り言《ご》ちる。

何度も夢に見てしまう。一成さんにフラれたあの日のこと。

どうせ夢に見るなら一成さんとデートしているところとか、そんな心躍るような夢にしてほしいのに。そんな夢は一切見ない。自分の脳みそに説教したい気分だ。

そんな鬱々とした気分のまま、枕元に置いていたスマホで時間を確認する。と、メールが届いている通知にガバリと身を起こした。

ドキドキと緊張しながらそのメールを開く。

＊＊＊

片山千咲様
先日はお忙しい中、弊社にお越しいただきまして、ありがとうございました。
さて、慎重に選考を重ねました結果、今回については採用を見送りとさせていただくこととなりました。
末筆ながら、片山様の今後のご活躍をお祈り申し上げます。

＊＊＊

「はぁー」

がっくりとしてスマホを布団の上に放り投げた。

もう何通目のお祈りメールだろう。何社受けたかなんて数えるのも飽きた。

この会社だって、こんなに丁寧なメールを送ってくるくせに、面接では酷いものだった。

『うーん、君ねぇ、うちの会社でなにができるのかなぁ？　これといって資格も持ってないみたいだし。秘書検定二級ねぇ。うちでは使えないよねぇ』

それに対してどう答えたか、覚えていない。

そんな風に批判するならば、書類選考の時点で落としてくれればよかったのに。なぜ面接に来いと言ったのか、そっちの方を聞きたいものだ。そんなこと、面接官には言えなかったけど。

「はぁー」

何度目かもわからないため息を吐いて、枕に顔を埋める。これでもう選考中の会社はなくなってしまった。働くためにはまた求人情報を吟味して、エントリーをしなくてはいけない。

正直、まいってる。

就職が決まってないのは私だけなんじゃないかな。ていうか、就職できる気がしない。


ブブブ……


スマホが震え出し、枕に埋まったまま顔だけ横に向ける。行儀悪く相手先を確認すると、高校の時の同級生で唯一親友と呼べる相手、塚本《つかもと》夏菜からだった。

「もしもし？」

『千咲～、調子どう？』

「どうって？」

『就活のことよ』

「あ～……」

私と違ってハキハキと話す夏菜は、面接なんてお手のものといった感じで、早々に内定をもらった強者だ。もう四月から社会人としてバリバリ働いている。

一方の私はまったくと言っていいほど振るわず。もう五月も半ばだというのに、就職浪人として親のすねをかじって生きている。

『千咲の魅力がわからない企業なんて働いても無駄よ』

「そうは言うけどさ、やっぱり面接が上手くいかないもの」

『誰だって面接は緊張するわよ』

「そうかもだけどさぁ……」

夏菜は明るい声で私を励ましてくれるけど、さすがにここまで決まらないと落ち込みも激しくなる。

書類選考は案外すんなり通っていくのに、面接で撃沈。とにもかくにも面接が苦手なのだ。

自覚はありまくりである。これは悪い癖だとは思っているのだが、他人からの評価が気になりすぎるあまり、緊張していつも上手く話せない。故に、面接が上手くいかない。

「ねえ、夏菜のお父さんって会社経営してるって言ってなかった？」

『うん？　してるよ』

「もー、そこで雇ってよぉ」

『あんたねぇ……』

「そういえば、夏菜は別の会社に就職したよね。お父さんの会社、手伝わなくていいの？」

私の問いを、夏菜は深いため息とともに一蹴した。

『嫌よ、なんで好き好んで家族と働かなくちゃいけないのよ』

「そういうもの？」

『そういうものよ！』

ふん、と鼻息荒くする夏菜だけど、いまだ内定ゼロの私には羨ましくて仕方ない。

ま、夏菜のお父さんの会社がどんな会社かまったく知らないけれど。

『まあいいじゃない。親のすねをかじれるだけかじっておきなさいよ』

「ううっ。それももう時間の問題かも。かなり親からプレッシャーかけられてるよ。このままじゃニートになっちゃう」

泣き真似をする私を夏菜はカラカラと笑い飛ばし、じゃあまた電話するわ〜と陽気に会話は終了した。

夏菜と話したことでほんの少しだけやる気になった私は、また求人情報とにらめっこしたのだった。

その数日後のこと。

夏菜からの電話を受けた私は、意味がわからなくて目をぱちくりさせた。

「……は？」

『だから、うちの会社で働かない？』

「ちょ、ちょっと待って。うちの会社って、どこのことを言ってる？」

『うちの父が経営してる会社』

「えっ、ええ〜！」

『この前、雇ってって言ってたじゃない』

「言ってたけど、まさかそんな本当に話がくるなんて……」

信じられない。だって冗談で言ったし（いや、半分本気だったけど）、夏菜だって呆れていたのに。

夏菜ったら、そっけないふりして聞いてくれたんだ……

なんて感動していると、「でも……」と歯切れの悪い答えが返ってくる。

『父の会社だけど、働くのはお兄《にい》の秘書としてね』

「お、お兄さん!?　秘書!?」

『そう、この話を持ってきたのはお兄《にい》だから』

とたんに、心臓がドッドッと悲鳴を上げた。

夏菜のお兄さんである一成さんには、高校生のときに告白して玉砕している。そんないわく付きの一成さんの元で働くだなんて。

『いやぁ、ダメ元で、千咲働かせてくれない？　って聞いたら、ちょうど秘書が辞めたばっかりで困ってるって言うからさぁ。千咲、秘書検定持ってたでしょ？』

「いや、うん、持ってるけど、でも二級だよ？」

『いいんじゃない？』

「い、いやいやいや……」

『そうよね、うちのお兄《にい》の下では働きたくないよね。それは非常によくわかる。あんな無愛想な奴、そうそういないもの』

「いや、そういう意味じゃなくてっ……」

『うん？』

「一成さんって管理職なの？」

『管理職？』

「だって、一成さんの秘書なんだよね？」

一成さんは私より五歳上だから今は二十七歳だと思うんだけど、そんな歳で秘書を付けるって一体どんな仕事をしているのだろう。

ぐるぐると想像を巡らせていると、夏菜はあっけらかんと言った。

『お兄《にい》は副社長だよ』

「……意味わかんない」

私の呟きに、夏菜は『だよねー』と可笑《おか》しそうに同意した。その同意が、私と同じ気持ちだったとはとうてい思えないけど。

◇

着慣れたリクルートスーツに袖を通し、派遣会社の営業担当に連れられてやってきた会社のビルを前にして、私は開いた口が塞がらないでいた。

「あ、あの、ここですか？」

「そうですよ。あれ？　事前に会社名お伝えしましたよね？」

「は、はい」

都内一等地に堂々とそびえ立つ高層ビル。

ここが私の働く場所、株式会社塚本屋《つかもとや》。

結局、就活に疲れきった私は、夏菜の紹介にありがたく頼らせてもらうことにした。

いや、正確には親に散々罵られたから……が一番の理由かもしれない。

『お姉ちゃんは立派に働いているのに、本当に情けない』

『大学も中途半端なレベルだもの、お姉ちゃんみたいにはいかないわよねぇ？』

『千咲はできないの？』

昔から、なんでも器用にこなす姉と比べられてきた。

――お姉ちゃんはできるのに。

――お姉ちゃんはすごい。

私も、姉のことはそれなりに尊敬している。本当にそつなくなんでもできてしまうし、私なんか足元にも及ばないことはわかっているのだ。

だけどそれを両親から責められるのはなんだか納得いかない。特別に虐げられているわけじゃないけど、両親の何気ない一言がグサグサと私の心を刺していく。

私だって本当はお姉ちゃんみたいにそつなくなんでもこなしたいよ。そうやって生きていきたいと思っているけど、どうしても上手くいかないのだ。

私はブンブンと頭を振る。

今はそんなことを考えている場合ではない。これから副社長、一成さんの元へ行くのだから。

平常心、平常心……。

仕事内容は一成さんの秘書だけれど、正社員ではなく派遣会社を通しての登録型派遣社員。派遣登録の際に面談があったけど、一成さんの秘書として働くことは決定事項のようで、呆気に取られる私をよそにとんとん拍子に契約が進んだ。それはもう、あれだけ面接で落ちたのが嘘であるかのようにだ。

確かに契約書には、『会社名：株式会社塚本屋』と書いてあった。

夏菜の名字は『塚本』だから、なるほど、家族経営の会社なのね、一成さんが副社長なのも納得だわなんて思っていたわけだけど。

目の前にそびえ立つ高層ビルを前に足がすくむ。

ビルの前には「定礎」と刻まれた銘石とともに会社名『株式会社塚本屋』の名とロゴが記されている。

「塚本屋って、あの塚本屋ですか？」

このロゴは見たことがあるのだ。テレビのＣＭでもよく見かける。創業は江戸時代、日本茶の老舗で、京都や静岡の名店と張り合うほどの超有名な会社。

「ええ、あの塚本屋です。大企業でお仕事できるのも、派遣の強みですよね」

と、営業担当は自信満々とばかりに胸を張る。

「あ、はは、そうですね……」

頭をハンマーで殴られたかのような衝撃を受けた私は、乾いた相槌しか打てなかった。

今思えば、そう、今思えばだけど、夏菜の家は高級住宅街の一軒家で、しかも結構大きくて、お金持ちっぽい感じはしていた。

お父さんが会社経営しているとしか聞いていなかったけど、まさかこんな大企業だなんて思わなかった。

「夏菜……それならそう言ってよ……」

実は彼女はバリバリの社長令嬢だったのかと、どうでもいいことをぼんやりと考えていた。

◇

塚本屋のビルは、一階にお茶屋、二階にカフェスペース、そして三階以上がオフィスビルとなっている。なんでも塚本屋の事務部門がここに集約されているのだとか。

受付で入室許可証を受け取り、営業担当とはここで別れる。

「では片山さん、お仕事頑張ってくださいね。副社長の秘書はすぐに辞めちゃう人が多くて困っていたんですよ。片山さんには期待していますよ」

「えっ⁉」

さらりと怖いことを言い残し、営業担当は笑顔で去って行った。

すぐに辞めちゃう……って？

心に引っ掛かりを残し、不安な状態のまま副社長室へ足を踏み入れた私は、彼の姿にあっと息を飲んだ。

さらりと流れる髪は清潔感があり、それでいてどこか繊細さを感じさせる。すっと伸びた鼻すじに薄い唇。そして意志の強そうな焦げ茶色の瞳。濃紺のスーツを着こなし、長い手足が際立つよう。

一成さんに会うのは何年ぶりだろう。

私が記憶していた一成さんの何倍も大人の魅力がたっぷりで、とたんに鼓動が速くなる。

「あ、あの、今日からここで働かせてもらうことになりました。片山千咲です。よろしくお願いします」

まるでぎこちない挨拶に自分でも動揺する。

一成さんに会うことがこんなにも緊張するだなんて。

「久しぶりだな」

低く、胸に響くような優しい声音。

一成さんはほんの少しだけ目元を緩ませ、ソファに座るように促した。

「し、失礼しま……きゃっ！」

あまりの緊張につま先が絨毯に引っ掛かり、想定外にバランスを崩してしまった。前のめりになった私の腕を絡め取って、一成さんが慌てて体勢を立て直してくれる。

「大丈夫か？」

「す、すみません」

と、顔を上げた瞬間、一成さんとの距離があまりにも近くて一気に体温が上昇した。かっこ良すぎて心臓が痛い。無理、やばい、この距離はやばい。

私は顔を真っ赤にしながら、ズササッと距離を取る。

「もっ、申し訳ありませんっ」

とんだ失態だ。初っ端からなにをしているんだ、私は。

バクンバクンと、心臓が壊れそうなほど音を立てる。と同時に、鼻の奥がツンとしてきた。

ああ、本当に、自分が嫌になる。こんなことでいちいち動揺してしまうなんて。

高校生のときに一成さんにフラれて、何年もかけてその想いを断ち切ったと思っていたのに。

たったこれだけのことでときめきが舞い戻ってくるなんて、我ながら単純すぎる。

落ち着け私、落ち着け私。

私は一成さんにフラれた身なのよ。ていうか、これは仕事なんだから。

などと心の中で葛藤を繰り返していると、クックッと小さく笑う気配がして少しだけ顔を上げる。

「本当に、相変わらずだな千咲は。初めて会ったときのことを思い出すよ。あのときも顔を真っ赤にしていたな」

ぐっ。

過去を思い出さないでほしい。

初めて会ったときは緊張したのと、一成さんのあまりのかっこ良さにドキドキしていたのだ。

い、今も大人の魅力にあてられているけれど。

「仕事を探していたんだって、妹から聞いたよ。ちょうど猫の手も借りたいところだったんだ」

「あの、私なんかで良かったのでしょうか」

いいや、本当に。フッた相手を雇うとかどういう神経してるの。

……フラれた相手の元に、のこのこ働きに来た私も大概だけど。

それに一成さんは副社長。そんな偉い人の秘書なんて、私なんかで務まるかどうかも不安なのに、一成さんに恥をかかせないかも心配で仕方がない。

「千咲がいいからオファーした。なにか問題でも？」

「い、いえ……」

そんな風に言われると悪い気はしない。むしろ良いように捉えてしまって落ち着かなくなる。

「それに……」

「……？」

言い淀んで、一成さんは困ったようにほんの少しだけ眉尻を下げた。

「俺の秘書は、俺が嫌になってすぐに辞める。俺に原因がある……とは思っているが、いまだに改善できない」

一成さんを嫌になる？　そんなことあるの？

「だから千咲には、長く働いてもらいたいと思っているのだが……」

「えっと、はい、頑張ります」

せっかくもらったご縁だもの。頑張って働かなくちゃ。

深々と下げた私の頭に、一成さんはポンポンと優しく手を置いた。たったそれだけのことなのに、触れられた部分が熱を持つかのようにぽわんと温かくなった。

秘書の仕事は副社長である一成さんのスケジュール管理から始まる。ほかにも、電話やメール、来客対応や情報管理、そして環境整備などといった業務内容があり、まずは社長の秘書を務める時《とき》東茜《とうあかね》さんが私の教育係となった。

時東さんは二十七歳。新卒で塚本屋に就職したエリート社員だ。グレーのパンツスーツがよく似合う美人さん。くっきりとした目元が印象的で、けれど決して派手ではなく知的な印象を与える。

「先に言っておくけど、副社長に恋心は抱かないこと」

「こ、恋ですか……？」

ドキッと肩が震える。なにか見透かされているのかと緊張が走ったが、どうやらそうではなさそうだ。

「そう、ここだけの話、罪な男なのよ、副社長は。秘書になった子を毎回泣かせてダメにする」

「泣かせる？」

「あの容姿とスペックの良さで、女子はみんな恋焦がれるんだけどね、反面仕事に厳しいし、視線だけで人を殺しにかかるから、間違って告白した日にはくだらないって一蹴されて泣きを見るの」

「う、うわぁ……」

と言いつつ、視線で人を殺しにかかるって……想像もつかない。まあ確かに見た目は不愛想で冷たい印象はあるけど、笑わないわけではないし、昔も今もそんな怖い思いはしたことがない。

「片山さんはここが初めての就職先だって聞いたわ。大変なこともあると思うけど一緒に頑張りましょうね」

「はい、お願いします」

時東さんは優しく微笑んでくれ、私はほっとした。

面接と同じように初対面の人と話すことは緊張するけれど、こうしてフレンドリーに接してもらえると私も落ち着いて受け答えができるのだ。とてもありがたい。

「今日は十時から来客があるから、まずは準備をしましょう」

時東さんに言われるがまま、仕事に取り掛かる。

いきなり来客とかハードルが高い……なんて思ったけれど、それよりも会議室の準備や呈茶《ていちゃ》の確認など覚えることが多すぎて、時東さんについていくだけで精一杯。受付までお迎えに上がるのも、会議室までご案内するのも、時東さんの丁寧でスマートな所作にただただ感服するばかり。

ちゃちなリクルートスーツを着た私は、その差をまざまざと見せつけられたのだった。

これは一成さんの殺しにかかる視線よりも、時東さんのキャリアウーマンな仕事ぶりに心がやられそうな気がする。

初日から時東さんにバリバリ仕事を教えられ頭がパンパンの私は、定時を告げるチャイムとともに大きく息を吐いた。

ぐったりしている私とは対照的に、時東さんは一日働いてもしゃんとしている。化粧崩れもないし姿勢だって綺麗。このまま明日を迎えても平気そう。すごいな……と感心していると、ふとあることに気付いた。

私、明日からスーツどうしよう。

今日は初日だからリクルートスーツできたけれど、よく考えたらこのままじゃやばいのでは？　時東さんみたいにおしゃれスーツじゃないといけないのかも。

……一枚も持ってませんけど？

「どうかしたか？」

ふと声をかけられて視線を上げる。こちらにも、朝となんら変わらない凛とした姿の一成さんが、不思議そうな顔をして私を見ていた。

「いえ、あの……服装って、時東さんみたいなスーツを着たらいいでしょうか」

「服装？　別にこだわらないが？」

「いや、こだわりとかではなく……」

「特に規定はないから、人前に出て恥ずかしくない格好ならなんでもいい」

だからそれが難しいんだってば。いっそのこと制服でもあればいいのに。

「千咲は可愛いからなんでも似合うよ」

「ぐっ……！」

思わず耳を疑った。

さらりとすごいことを言われた気がする。けれど一成さんはまったくもって気にしていない様子。可愛いだなんて言われ慣れてない。そう、慣れていないだけだから過剰に反応してしまっただけよ。はー、落ち着け私。

考えれば考えるほど動揺が顔に出そうになって、慌てて顔を伏せた。

なのに、一成さんは私の頭を優しく撫でて、「お疲れ様」と一言残して副社長室へ入っていった。

おかしい……

一成さんってあんな人だったっけ？　もっとクールでツンツンしていた気が……夏菜なんて「お兄《にい》は冷徹無慈悲」なんて言っちゃうくらいだし。あ、いや、でも会えば優しく話しかけてくれるし、笑ってくれてもいたけど。

今の一成さんからは、そんなの微塵も感じない。

私はそっと頭に触れる。撫でられた部分が熱をもって、しばらく顔を上げることができなかった。


「夏菜ぁ、買い物付き合って」

仕事帰りの夏菜を捕まえて、私は早々に文句を言った。

「ねえ、夏菜の家、塚本屋だなんて聞いてないんですけど。まさかそんなお嬢様だなんて知らなかったよ」

「まあ、言ってなかったからねぇ」

「そうならそうって言ってよ。今日出勤して本当にびっくりしたんだから。お父さんが社長でお兄さんが副社長って、もうすごすぎでしょ！」

「そうかな？」

「そうだよ！　まさか大企業で働けるなんて思ってもみなかった」

「でもお兄《にい》の部下なんて絶対嫌じゃん。冷徹無慈悲にこき使われるだけよ」

「ちょっとちょっと、それを紹介したのは夏菜じゃないの……」

吐き捨てるように言う夏菜に思わず苦笑いだ。少なくとも、今のところまったく冷徹無慈悲にこき使われてはいない。

「一成さん、優しいよ」

「ほう。じゃあその優しいエピソードを聞こうではないか」

夏菜は疑いの眼差しで私を見る。

そうだなぁと、今日あったことを思い返してみると、唐突に躓《つまず》いて転びそうになった私を支えてくれたり、可愛いって言ってくれたり、頭を撫でてくれたり……

あれ？

一成さんが優しいっていうか、私の恥ずかしいエピソードばかりなんですけど。

思い出して徐々に顔が赤くなる私に、夏菜は冷ややかな視線とともに「ほら、ないじゃん」と勝ち誇った顔をした。

冷徹無慈悲なのは夏菜の方なんじゃないかと疑いたくなったけど、口に出すと怒られそうなので心の中にとどめておく。

「ま、でも、千咲はお兄《にい》のお気に入りだし、悪いようにはしないんじゃない？」

「……は？」

お気に入り？

はて？

「千咲は小動物みたいで可愛いって、昔言ってた」

「小動物……」

「うちで飼ってるハムスターに似てる」

「ペットじゃん」

「あはは、ほんとだ。案外、餌付けされてたりして」

「されてません！」

もう意味がわからない。

一成さんが私を小動物みたいで可愛いだなんて、思うわけないじゃん。

だって私は一成さんにフラれているんだから。

……まあ、そのことを夏菜は知らない。

いくら親友でも、これだけは秘密にしている。私の黒歴史。

ぷりぷり怒りながらもスーツを何枚か選ぶ。鏡の前で合わせてみるけれど、どうにもしっくりこなくて気分が落ち込んできた。

よく考えたら私は背も低くて胸もぺったんこ。特別スタイルがいいわけでもないし、顔だってどちらかというと童顔タイプ。私がスーツなんて着ても、背伸びした子供みたいになる。

そんな私が一成さんの秘書でいいの？

時東さんみたいに美しいプロポーションの美人さんはなにを着ても似合うだろうけど。


「いらっしゃいませ。スーツをお探しですか？」

突然に声を掛けられ私はびくっと肩を震わせた。

「あ、えっと……」

「スーツというか、この子に、働くオフィスレディ的な似合うもの、ありますか？」

尻込みした私に代わり、夏菜がずずいと店員さんと会話を始める。こういうのも本当に苦手。夏菜はなんでも器用にこなしてしまうけど、私は上手く言葉が出てこない。もはやコミュ障かも……なんてうっすら思ったりもする。

「そうですね、スーツにこだわらず、黒のパンツに上は色物のジャケットを合わせてみてはいかがでしょう？　例えばこちらのベージュとか」

「ジャケットの丈は短めの方がいいんじゃない？　足が長く見えるかもよ」

店員さんと夏菜が、代わる代わる私に服を見立ててくる。

目が回るような勢いで、勧められるがまま何着か購入し、まだ初任給も入ってないくせに散財してしまったのだった。

いや、これは致し方ない出費だ。社会人としての身だしなみ。

これで少しは、一成さんや時東さんに近付けるといいのだけど。


翌日、さっそく購入したパンツにジャケットを羽織り、ようやくリクルートスーツから卒業した私は、ドキドキしながら出勤した。

リクルートスーツの昨日は「新人が入ってきた」という好奇の目で見られていたことがプレッシャーになっていたけど、これはこれで緊張する。

昨日見立ててもらった白のVネックブラウスにダークグレーのジャケット。少しは知的に見えるだろうか。

「おはようございます」

「おはよう」

一成さんは私よりも早く出勤し、始業前だというのにもうパソコンに向かって仕事をしている。

私は空調をチェックし、副社長室を簡単に掃除。それが終わるとスケジュールの確認とメールのチェックをするためにパソコンを開いた。

「ずいぶん早いんだな」

「はい、緊張して。遅れたら嫌だなって思ってたら早く着いてしまいました」

「まだ始業までだいぶ時間がある。ちょっと付き合ってくれ」

「あ、はい」

私は慌てて手帳とペンを抱えるが、一成さんは「なにも持ってこなくていい」と手で制し、スタスタと歩いていく。遅れないようにと小走りでついていくと、チラリとこちらを見て速度を落としてくれた。

後ろをついていくつもりだったのに、横並びになり心臓が跳ねる。

隣に立つ一成さんは背が高くて今日もスーツがよく似合っていて、大人の魅力がたっぷり。隣に立つのが私なんかで申し訳ない気持ちになってしまう。

だけど、こんなに近くにいられるのも貴重な気がして、ひとときの時間をありがたく思った。

……のも束の間。

「えっ、えっ？」

やってきたのは二階のカフェ。

目の前にはモーニングセット。

目をぱちくりさせている私に、一成さんは淡々と言う。

「コーヒー？　紅茶？」

「あ、コーヒーで……って、いや、あのっ」

困惑する私をよそに、店員さんがコーヒーを運んでくる。

ふわりと湯気が立つカップからはとても良い香りが漂い、鼻をくすぐった。

「すごくいい香り」

「コーヒーは種類で香りが変わる。これはブルーマウンテンでリラックス効果がある」

カップを両手で持ち上げ香りを楽しむ。すうっと体に入り込んできて浸透していく。確かにリラックス効果がありそうだ。

メニューを見ると、コーヒーだけでなく紅茶や日本茶の説明も書かれていて、気分に合わせて選ぶことができるようになっている。

「やっぱり手帳を持ってくるべきでした。勉強しなきゃ」

きっとそのために連れて来てくれたに違いない。塚本屋の副社長の秘書としてお茶の知識が皆無ではいけない。だから私への教育の一環なのだろう。

なるほど、これも秘書の務めなのかなんて納得しかけたのだが、

「そういう意味で誘ったんじゃない。朝食がまだなんだ、付き合ってくれ」

と言われ、治まっていたドキドキが呼び起こされてしまった。

カフェは朝早くから開いているようで、モーニング目的のお客さんがチラホラと見受けられる。とても落ち着いた色合いの空間は、時間の経過を忘れてしまいそうになるほど居心地が良い。さすがお茶の老舗だけあって、緑茶や抹茶、ほうじ茶などを使ったスイーツも充実していた。

「甘味の方が良かったか？」

あまりにもメニューを凝視していたからだろうか、一成さんに気を遣われてしまって慌てて首を横に振る。

「いいえ。実は緊張しすぎて、朝食を抜いてきたんです。いただきます」

「そうか。なら毎日ここで朝食をとろう」

「……えっ？」

「ここで落ち着いてから業務に取り組む方が効率が上がるだろう」

「あっ、はい、そ、そうですね」

私はそう頷いて、コーヒーカップに視線を落とした。

こんなことをされては心臓がもたない。というか、また私は一成さんを好きになってしまいそうな気がしてならない。だって、働き始めてからまだ二日目の朝だというのに、もうこんなにもドキドキしているのだから。

そんなソワソワした気持ちの私とは対照的に、一成さんはクールにコーヒーを飲んでいる。

きっと一成さんはなんとも思っていないんだろうな。私と違ってぎこちなさだってまったくないし、もしかしたら、昔私が告白したことだって忘れているのかもしれない。自分の元で働かないかとオファーしてくるくらいなのだから、私みたいにいつまでも過去のことを気にしたりはしないのかも。

まったく、自分の心が大騒ぎで忙しい。

もう社会人となったのだから、落ち着いた女性を目指そう。

そう心に決めた瞬間、耳に入ってくる言葉——

「ねえ、あれって副社長じゃない？」

「やだ、本当だぁ。かっこいい！」

「一緒にいるの誰だろう？」

「さあ？　なんか釣り合わないね」

聞こえるか聞こえないかくらいの声の音量とともに、クスクスと笑い声。

居たたまれない気持ちになってカップに視線を落とす。

一成さんがかっこいいのはわかる。本当に、男らしさと相まって目を惹くような美しさがあるのだから。私も遠巻きで見ているなら「キャー、かっこいい！」だなんて騒いでいるに違いない。

問題は私だ。釣り合わないだなんて、私が一番よくわかっている。自分が平凡すぎることは自覚してるんだから、わざわざ聞こえるボリュームで言わないでよ。

「——さき、千咲」

「は、はいっ！」

呼ばれていることに気付き、姿勢を正す。

「そろそろ行こうか」

「あ、そうですね。お会計は……？」

「もう済ませてある」

「えっ⁉」

一成さんはすっと立ち上がるとスタスタと行ってしまう。慌ててついていくと、先ほどこそこそとこちらを見ながら話をしていた女性たちが、

「やばっ！　生副社長、イケメンすぎる！」

「これは眼福だわ！」

と黄色い声を上げているのが耳に入った。

それには激しく同意だ。本当に一成さんったら、たった数年でどれだけかっこ良くなったら気が済むの。昔からかっこ良かったけど、今はさらに磨きがかかって大人の魅力もパワーアップしている。近くで仕事する私の身がもたないよ。

「今日は午後から外出する。わからないことは時東に聞いてくれ。定時になったら帰っていい」

「はい」

「それから……」

一成さんは考え込むように言い淀み、急にこちらに視線を向けた。じっと見つめられ何事かと思わず身構える。

「……あまり首元が開いた服は着るな」

「え？」

「悪い虫がつく」

「虫……？」

「なんでもない。行くぞ」

そんなに首元が開いていただろうか。思わず視線を下に落とすと、ぺちゃんこの胸のせいで変な隙間ができていた。

これは……情けない。もっと胸が大きくて、谷間でもできているなら見映えがいいものを。

やっぱり私に大人っぽい服は似合わないんだなぁなどと一人落ち込みつつ、デスクへ戻った。

第二章　副社長の婚約者

あれから毎日、一成さんと二階のカフェで朝食をとることが日課になった。

早く来ることは苦ではないし、なにより一成さんとこうしてお茶を飲みながらたわいもない話ができるのがとても嬉しい。

ただ、支払いが毎回一成さんなので、その点は心苦しいのだけど。そこはどうしても譲ってくれないのだ。

仕方がないのでこれも業務の一環と思って割りきることにした。

様々な種類のコーヒーや紅茶、そしてたまにお茶漬けなど、いろいろなパターンを試している。

改めて塚本屋のスケールの大きさを思い知ると同時に、自分なりにお茶の知識を深めようと努力しているのだ。

いつだか夏菜が言っていた。

『案外、餌付けされてたりして』

今なら思い切り首を縦に振る。

私、餌付けされている自覚がある。

でもそれが嫌じゃなくて心地良い。

思わぬ形で一成さんの側にいることができるこのご縁に、改めて感謝だ。

「千咲、今日は来客が立て込んでいたはずだから、よろしく頼む」

「はい、わかりました」

一成さんの言うとおり、今日は午前も午後も来客で予定が詰まっている。

お迎えに上がって会議室へご案内し、一成さんに声をかけてお茶を出す。そして合間にメールの確認。とにかく息つく暇もない。そんなときに限って電話対応も多く、目が回る忙しさに頭を抱えたくなった。だけど仕事にも慣れてきたのだろうか。自分なりになんとかこなせている気がする。

一成さんとは朝のカフェで顔を合わせているものの、それ以外の時間帯で一緒に仕事をすることはない。

それもそのはず、一成さんは副社長なので多忙を極めるのだ。

私はそんな一成さんをサポートする秘書。足手まといにならないように業務をこなす。一成さんの仕事に対する真剣な表情は、凛々しすぎて眩しすぎて、まさに眼福だ。たまにこっそり眺めている。

ふいにスマホが鳴り、私はパソコンの手を止めて通話ボタンを押した。

「はい、片山で……」

名乗っている途中で時東さんの緊迫した声が聞こえてくる。

『片山さん？　十五時からのお客様、どこにお連れしたの？』

「えっと、３０５会議室ですけど……」

『そういうことか。あのね、５０３会議室の間違いよ』

「えっ⁉」

　慌ててスケジュールを確認するが、そこには３０５会議室と登録されている。併せて会議室予約を確認すれば、そちらは５０３会議室となっていた。

「す、すみませんっ！　登録ミスしちゃったみたいで……あの、すぐ行きます！」

『私が今向かってるからいいわ。あなたは副社長へ連絡しておいて。待ってると思うから』

「は、はいっっっ！」

　身体中の血の気が一気に引いていくのがわかる。震える指で一成さんの連絡先を表示させる。ワンコールのあと、すぐに『はい』と低い声が聞こえた。

「片山です。すみません、十五時からのお客様を間違った会議室にお連れしてしまってて」

『……それで？』

「あ、はい。今、時東さんがそちらにお連れしますので……」

『そうか、わかった』

「あの、本当にすみませんでした」

　謝罪の言葉の途中で通話は終了し、耳にはツーツーという無機質な音だけが響いた。

どうしよう。

ミスをしてしまった。

バクンバクンと心臓の音が聞こえるかのように脈打ち、背中には冷たい汗が流れてくる。

お客様を間違った場所に案内したどころか、別の場所で一成さんも放置。しかも時東さんに指摘されるまで気付かないばかりか、時東さんを走らせてしまうなんて。

それに一成さんの冷たい声。あれは完全に怒っていた。

「……うわぁぁ」

私はパソコンを前にして頭を抱える。

もう、この世の終わりであるかのような気持ちになった。


しばらくして戻ってきた時東さんに、すぐさま謝りに行く。土下座する勢いの私に、時東さんはクスッと笑って肩を竦《すく》めた。

「まあ、誰にでも失敗はあるわよ。私も一緒に確認しなかったのがいけないし」

「いえ、本当にすみません。ご迷惑をおかけして」

「大事にならなかったからセーフよ。次は確認を怠らないようにね」

時東さんは優しく私の肩をポンポンと叩いた。なんでもないように自席に戻り、そして思い出したかのように「あ！」と声を上げる。

「あー、副社長からは叱られるかもしれないけど、負けないようにね。あれは鬼だから」

「……はい」

叱られるのは当然だ。とんでもないミスをしたのだから。さっきの電話の声だって酷く冷たかった。

そういえば、と私は思い出す。

『秘書になった子を毎回泣かせてダメにする』

『仕事に厳しいし、視線だけで人を殺しにかかるから』

そう、時東さんに忠告されていた。

それに一成さんも……

『俺の秘書は俺が嫌になってすぐに辞める』

「うわぁぁっ……」

思い出して、また頭を抱えたくなった。


定時を過ぎ、ようやく執務室へ戻ってきた一成さんを見つけ、私は小走りで駆け寄った。

「副社長、あの、今日はすみませんでした。私……」

「ああ、わかっている」

なにを言われるのか覚悟をして、泣きそうになりながら頭を下げたのに、返ってきたのは一言だけ。そして何事もなかったかのように一成さんは副社長室へ入っていく。

……あれ？

てっきりその場で叱られることを想定していたのに、あっさりとかわされて拍子抜けしてしまった。私はしばらくその場で呆然と立ち尽くす。

まさか、これはめちゃくちゃ怒ってるってこと⁉

そう考えると、戻りかけていた血の気が思い出したかのようにサーッと引いていく。

ううっ……

「……私、もう一度謝ってきます」

涙目になりながら時東さんと目が合うと、御愁傷様といった感じでそっと目を伏せられた。

ノックをしてから副社長室へ入ると、ジャケットを脱いで首元を少し緩めた一成さんが「どうした？」と視線をこちらへ寄越す。

窓からは夕日が差し込み、まるで一成さんから後光が射しているようで神々しい。

いや、今は静かに怒る悪魔のような気がしてならない。一成さんはいつもクールなので、感情が読み取れないのだ。

「あの、今日はご迷惑をおかけして本当にすみませんでした」

「ミスは誰にでもあるだろう」

「……はい」

「別に気にしていないから、千咲もそんなに気にする必要はない」

淡々とした一成さんの声音からは怒りの気配は感じられない。むしろ不思議そうな顔をされ、思わず心の声が漏れた。

「……それだけ、ですか？」

「ん？」

「あ、いや、えっと、副社長は鬼だから叱られるかもしれないって、時東さんが……あっ……」

口走ってから、慌てて両手で口元を押さえる。しまったと思ったときには一成さんの眉間にしわが寄り、はあっとため息を吐かれてしまった。

「千咲は俺に怒られたいの？」

「そういうわけじゃないですけど、ミスをしたのになんか優しいなって思って……」

「優しくされるのは嫌いか？」

「はい？」

いつの間にか一成さんはこちらへ近付いてきていて、あれよあれよと一気に距離が縮まる。勢いに圧されて数歩下がるも、私の背はトンと壁に触れた。

しゅっと顔の横を一成さんの手が通り過ぎ、背の高い一成さんから見下ろされる形になる。

綺麗な瞳は私を鋭く捉えて、その威圧感だけで身動きが取れない。

そうだ、これはいわゆる壁ドンってやつだ。

そう頭で理解したときだった。

薄く綺麗な唇がゆっくりと開く。

「覚悟しろ」

短く告げる一成さんの口角はほんの少しばかり上がり、見つめるその視線から目が離せなくなった。まるで金縛りにでも遭っているかのように。

そう、目で殺されるとはこんな感覚なのかも。なんて思っているうちに一成さんの顔が近付いてきて、唇に触れる温かな感触。

「スケジュール登録をミスった罰だ」

なにが起きたか理解するのに数秒は要した。

今起こったことを理解するなり、私の頬は真っ赤に染まった。そのままズルズルとその場にへたりこむ。心臓がドキンドキンと暴れまくって、口から飛び出そうになった。

キスされたことに動揺して、言葉にならない悲鳴を上げる。

そんな私とは対照的に、一成さんは悪びれることもなく、いつも通り綺麗な顔で微笑んだ。

呆然自失のまま、ふらふらと自席に戻る。

あんなことがあって、まったく思考が働かない。いまだ唇に残る余韻に胸がきゅっとなる。

一成さん、なんであんなことを……

ドキドキが止まらない。あんなのやばすぎる。もしかして、過去の秘書たちもみんな、こんなことをされてきたの？

「時東さんの仰っていた意味がわかりました」

「なに？　ついに殺《や》られたの？」

「……やられました」

思い出すだけで顔が赤くなるし頭を抱えたくなる。そんな私を見て、時東さんは優しく背中を撫でてくれる。

「メンタル大丈夫？」

「大丈夫じゃないです。もうどうしていいかわかりません」

「そうやって歴代の秘書を泣かせてきたのよ、あの男は。今度こそガツンと言ってやらなきゃ」

「時東さんも、その、……やられたことあるんですか？」

「しょっちゅう殺《や》りあってるわ。私くらい強くならないと、ここではやっていけないわよ」

「うぇぇ……」

しょっちゅうやりあう？

ど、どんな関係なの？

もしかして一成さんってば、タラシなの？

赤くなっていた顔は、血の気を失うように一気に青ざめていった。

翌日からまともに顔も見られないだろうと思っていた。なのに、いたって普通の一成さんにいつも通りモーニングをごちそうになり、この自然体を見て、昨日のアレは夢だったのかと思わなくもない。

「あ、あの……」

「なんだ」

綺麗な瞳に射貫かれて出かかっていた言葉は喉につっかえる。

昨日のキスの意味が知りたい。

知りたいのに、聞くのは怖い。

言い淀んで口を閉ざすと、先に一成さんが口を開いた。

「千咲に頼みたい仕事がある」

「あ、はい」

なんだ仕事か、と思い手帳とペンを準備する。

それなのに一成さんから出てきた言葉は、思いもよらないものだった。

「俺の婚約者になってほしい」

「……はっ……いっ？」

意味がわからずとも動揺しすぎてペンを落としそうになった。「それで」と続ける一成さんは実に淡々としていて冷静そのものだ。動揺しているのは私だけ。

「あ、の……」

「今度の週末に塚本屋の創業パーティーが開かれるんだが、そこに俺の婚約者として参加してほしい」

「こ、婚約者……」

口に出すと心臓がこれでもかとバックンバックン暴れだす。

だって、一成さんの婚約者って、婚約者って……！

「この歳になるといらない見合いの話が多いんだ。創業パーティーともなると声をかけられまくって困る。だから俺には婚約者がいると紹介しておけば、煩《わずら》わしい見合い話がなくなるだろう？」

「あ、ああ、なるほど……」

と、納得したように相槌を打ってみたけど、そういう問題ではない。

そんな重大な役割を一介の秘書である私が受け持っていいものなのか。

いや、良くないだろう。いくら仕事とはいえその任務は重過ぎるし、一成さんの横に立つならば時東さんみたいな綺麗な人じゃないと釣り合わない。

故に反論してみたのだが。

「あの、でも私なんかじゃ釣り合わないですし……」

「なぜ？　釣り合わないとは？　俺は千咲がいいと言っている」

「……はい」

カアッと頬に熱が集まるのがわかる。

「千咲がいい」だなんて、どうしてそんな言葉がするすると出てくるの。

すました顔してタラシすぎるでしょ、一成さん。

それなのに、そう言われて嬉しいと思う自分もいて。

我ながら複雑な乙女心だ。

その後もう少し抵抗してみたものの、あれよあれよと丸め込まれて、私の創業パーティーへの参加が決まった。もちろん、一成さんの婚約者としての。

一成さんは満足そうに微笑み、私は心臓が壊れそうになっていた。

◇

創業パーティーの日、いつも通り出勤してと言われた私は、本当にいつものパンツスーツで出勤した。

昨日はまったく寝られなかった。一成さんの婚約者としてどう対応したらいいかわからず、あれやこれやと考えていたらいつの間にか朝を迎えてしまったのだ。

こんなことでは秘書失格かもしれない。だけど動揺せずにはいられなかった。

「おはようございます」

「おはよう」

副社長室へ顔を出すと、普段となんら変わらない一成さんが挨拶を返してくれる。

今日も朝から爽やかでかっこいい……と、見惚れている場合ではなかった。

「パーティーの準備などお手伝いすることはありますか？」

「ああ、行こうか」

と連れられたのはいつものカフェ。

「とりあえず朝食だ。パーティーは昼からだから」

「は、はあ……」

いつも通りのモーニングから始まったことにより、完全に仕事モードの私。手帳とペンを片手に一成さんにずずいと詰め寄る。

「覚えておいた方がいいこととか、しなくてはいけないことがあれば教えてください」

なにせ一成さんの婚約者を演じなければいけないのだから。粗相のないようにしなくてはいけない。だから聞いたのに……

「真面目だな、千咲は」

と目元だけで笑われてしまった。

「別にすることはない。俺の横にいるだけでいい」

「……はい」

納得はいかないけど、もしかしたら余計な口出しはするなという意味かもしれない。それならば黙っておいた方がいい。

ああ、でも緊張する。

黙っているにしろ、どんな顔でいたらいいの――

「じゃあ、行くぞ」

私がコーヒーを飲み干したのを確認した一成さんは立ち上がった。

戸惑いながらもついていけば、一成さんはエレベーターで下っていく。オフィスエリアは上の階だというのに。

「あの、一成さん、どこに……？」

「パーティーの準備だ」

なんだ、やっぱり準備作業はあるんじゃないの。そりゃそうよね、我が社の創業パーティーだもの、準備するべきよね、なんて思っていたのに。

なぜか私は一成さんの運転する車に乗せられて、高級ホテルに到着していた。ちなみに助手席に乗っていたときの記憶はほとんどない。一成さんの運転する姿が眩しすぎて心臓が破裂しそうだったからだ。

そして今、目の前にはズラリと並ぶパーティードレス。

「……」

唖然としている私をよそに、スタッフが何着かドレスをあてがう。

「お嬢様は色白でいらっしゃるので、濃い色のドレスがよくお似合いかと思いますよ」

「は、はあ……」

「あまり肌の露出のないものにしてくれ」

「あらあら、妬《や》けますこと」

一成さんはさらりと注文をつけ、スタッフはふふふと上品に笑う。まったくついていけない状況に意見など出せるわけもなく、なすがままの私。

そうして勝手に着せ替えられた私は、鏡の前で息を飲んだ。

首元までしっかりと詰まったダークブラウンのワンピースは、シックで大人の雰囲気を漂わせる。裾はフレアスカートになっており、動くとひらひらと揺れて可愛らしさも含んでいる。

「可愛い……」

「ええ、本当によくお似合いですよ」

スタッフはそう言いながら、手際よくヘアアレンジを加えていく。後れ毛を残しながら髪をサイドに纏《まと》め、そこに小さな花があしらわれたピンを留めてできあがり。

平凡中の平凡な私が、まさかこんなに綺麗に仕上げてもらえるなんて感無量だ。これでようやく平凡の中でも最上級レベルまで上がったに違いない。

……って、なぜこんなことに!?

「あ、あのっ、一成さん、これは一体……？」

部屋の外で待っていた一成さんに声をかけると、私の問いには答えず額《ひたい》に手を当ててそっぽを向く。そして小さくため息一つ。

「あ、あの……変ですか？」

「いや、平常心を取り戻すのに苦労している」

「はい？」

意味のわからない返答をされて首を傾げるも、次の瞬間蕩《とろ》けるような瞳で見つめられ、ドキッと胸が高鳴る。

「とても綺麗だ」

低く甘い声で囁かれ、私は撃沈した。

完全に頭から湯気が出ているに違いない。

そんなことはお構いなしに、一成さんは「行くぞ」と歩き出す。

「パーティーだからな、ドレスコードに合わせることも必要だろう？」

「そうなんですね。パーティーなんて出たことないので緊張します」

「なにも心配いらない。婚約者として堂々としていたらいい」

そうだった。

今日は秘書としてではなく、一成さんの婚約者としてパーティーに参加するんだった。だからこんなにも綺麗にしてもらえたんだ。一成さんの隣に立つのに、いつものスーツじゃ見劣りしてしまうから。

私は身を引き締める。仕事とはいえ、一時でも一成さんの婚約者を務めることができて嬉しい反面、緊張も半端ない。

粗相のないようにしなくっちゃ。


再び塚本屋に戻ってきた私たちは、ビル内にあるホールへと向かった。

そこには社長を始め、塚本屋の重役メンバーが勢ぞろい。そして関連企業のお客様も和気あいあいと談笑していた。

ぐっと緊張が高まる。

一成さんを見上げれば、「心配するな」と、ふっと微笑んでくれた。

それでも緊張するものは緊張する。ハラハラとしながら一成さんの後ろを追いかけると、「片山さん」と声がかかった。

「時東さん！」

「どうしたの？　とっても素敵じゃない！」

「はい、あの、副社長が婚約者になれと仰って……」

「婚約者？」

時東さんはわけがわからないといった視線で一成さんを見つめる。

対して一成さんは、いたってクールに「そうだが」と肯定した。

「どういうこと？」

「あ、あの、仕事で。婚約者のふりをしてほしいと頼まれまして」

「……仕事ねぇ」

「なんでもお見合いの話をお断りしたいからとか、なんとか……」

「ふう～ん」

時東さんは目を細め、一成さんの肩に手を置いた。ニヤリといやらしく微笑む時東さんを見て、一成さんは面倒くさそうに眉間にしわを寄せる。

「一成くんも隅に置けないわね。まわりくどいことしちゃって」

「まわりくどいとはどういう意味だ？　茜には関係のない話だろう？」

「あ～ら、そんなこと言っていいのかしら？　あなたがどれだけの女を泣かせてきたのか片山さんに喋っちゃおうかな～」

「……やめろ」

二人のやり取りに、しばしポカンとしてしまう。

この二人、こんなにも親しげだったっけ？　名前呼びになってるし。

と考えたところでハッと思い出す。

『そうやって歴代の秘書を泣かせてきたのよ、あの男は。今度こそガツンと言ってやらなきゃ』

『時東さんも、その、……やられたことあるんですか？』

『しょっちゅう殺《や》りあってるわ。私くらい強くならないとここではやっていけないわよ』

まさか！

まさか！　まさか！　まさか！

タラシの一成さんったら、歴代の秘書に手を出すのがいつもの手口だったとか、そういうことなのでは？

二人は恋人なのに、いつも一成さんは秘書に手を出していて、だから私もそうやって遊ばれてるってこと――？

今からでも断れないだろうか。

一成さんの婚約者役はやはり時東さんの方が合っているし、それが一番妥当なのでは。

「千咲、行くぞ」

「ま、待ってください。あの、あの……」

「どうしたの？　なにか忘れ物？」

「いや、あの、その、副社長の婚約者役は……時東さんじゃなくていいんですか？」

「「は？」」

勇気を持って訴えたのに、二人ともこれでもかというほどポカンとした表情で顔を見合わせた。

「……ええと、一応聞くけど、なぜ？」

「え、だって、お二人は恋人なのでは……？」

ここで肯定されてもショックだけど、聞かずにはいられなかった。だってどう見たって親密だしお似合いだし、遊ばれたくないし。

一成さんは額《ひたい》に手をやり、ぐうっと小さく唸《うな》る。

時東さんは綺麗な顔を信じられないくらいに歪めた。

「……やめてくれ」

「……それはこっちのセリフよ」

二人の大きなため息が耳に響く。

時東さんは、困惑する私の肩に手を置いた。

「片山さん、勘弁してよ。なんで私が一成くんの恋人にならなきゃいけないのよ」

「違うんですか？」

「違うに決まってるでしょう。一成くんとはいとこなの。どこをどう見たらそう見えるわけ？」

「す、すみませんっ。時東さんも一成さんにやられたって言っていたので……」

「私が言ってるのは、一成くんは人に厳しくしすぎだって意味。片山さん、まさか……一成くんになにかされたわけ？」

「いえ、なにもっ……」

「なにもされていないのに、こんなことになるわけないでしょう?」

ジリジリと詰め寄ってくる時東さん。

だけど、そんな、言えるわけない。

一成さんにキスされただなんて。

言葉に詰まっていると、急に肩がぐっと引き寄せられ、見上げた先には一成さんの綺麗な顔がある。

「茜、千咲が困っているだろう」

まるで時東さんが悪いかのように言うので、時東さんはじとりと一成さんを睨んだ。

「あーはいはい、好きにして。早く挨拶まわりしてきなさいよ。片山さんも、苦労するわね」

手で追い払う仕草をしながら、時東さんは眉尻を下げる。

二人のやり取りに呆気に取られつつ、肩を抱かれている私は気が気じゃない。

一成さんが近いっ!

目がバチッと合えば綺麗な瞳が私を射貫き、その視線に耐えられずに目を伏せた。

心臓がドックンドックン波打っているのが、一成さんに伝わってしまったらどうしよう。

「千咲」

「は、はひぃっ」

名前を呼ばれて動揺のあまり声が上ずってしまう。

「聞いてもいいか？」

「……なんでしょう？」

「俺にやられる、とは？」

「…………」

その話を蒸し返さないで。

お願いだから。

私の心の叫びなど知るよしもなく、一成さんはじっと答えを待つ。

その半端ないプレッシャーに負けた私はおずおずと口を開く。

「……一成さんは歴代の秘書さんたちにも、そういうことをしたんですか？」

「そういうこととは？」

「……その、えっと、き……キス……とか」

「するわけがないだろう？」

ピシャリと否定され胸がぎゅっとなる。

じゃあ、なんで私には……と聞こうとして「一成さん」と背後から呼ぶ声に遮られた。

「いやあ、本日は誠におめでとうございます」

「山崎《やまさき》さん、お久しぶりです。本日はお越しいただきありがとうございます」

一成さんよりもだいぶ年上だと思われる山崎さんはにこやかに話をし、それに対して一成さんも日頃のツンとした態度はどこへやら、穏やかに相槌を打つ。

営業スマイルというのだろうか。普段のキビキビとした一成さんとはまるで違う。外柔内剛とでもいうべきか、仕事ではいろんな顔を使い分けているのだろう。

秘書として一成さんの仕事に同行することはよくある。

そんなとき、一成さんはいろいろな表情を見せてくれる。

だけど、今日のようなにこやかな一成さんは初めて見た。

また新しい一成さんを発見したようで内心嬉しくなる。

「ところで、そちらは？」

急に山崎さんから視線を向けられ、ドキッと心臓が嫌な音を立てた。

「あ……」

私が口を開くと同時に一成さんがまたもや肩を抱いて引き寄せる。

「ご紹介が遅れました。こちらは私の婚約者です」

「ええっ！　いつの間に」

やたら大げさに驚く山崎さんに、控えめに「こんにちは」と挨拶をする。

山崎さんはまるで値踏みするかのように私を上から下まで眺めた。

いい気はしないけど、これも仕事だ。一成さんのために耐えなければ。

「ちょうどいい機会かと思いまして、皆さんにお披露目させていただいています」

「あー、そうでしたか。それはそれは、可愛らしいお嬢さんですな。いやあ、出遅れました。うちの娘を紹介したかったのになあ」

山崎さんは残念そうに頭を掻《か》いた。

私は、なるほどそういうことかと納得する。一成さんへのお見合いの話はこんな風に持ち込まれるのか、と。

一成さんは穏やかに対応しつつも「恐れ入ります」と若干引きつった笑みを浮かべていた。

「いやいや、おめでとうございます。いつご結婚されるんです？」

け、結婚⁉

焦って一成さんを見遣《みや》るが、彼はいたって冷静。むしろ私に柔らかな視線を向け、

「年明けにでもできたらいいですね」

と宣《のたま》った。

嘘でしょ、そんな具体的に。

あくまでも婚約者のふりをしているだけなのに。

嘘をつくにしてもあり得ない。

と思いつつも、私の胸はきゅんきゅんと悲鳴を上げる。

その後も、ご挨拶をする方々から同じような話をされ、その度に一成さんは私に甘く微笑んでくれ、その眼差しだけで過呼吸を起こして死にそうになった。

彼の綺麗な微笑みは刺激が強すぎる。


「千咲、大丈夫か？」

「……はい、すみません」

ホールの壁際に置かれた椅子にぐったりともたれ掛かった私は大きく息を吐き出した。

そんな私に、一成さんは冷たい緑茶が入ったグラスを持って来てくれる。

程よく渋さがあり、それでいて後味すっきりな塚本屋自慢の緑茶は疲れた体に染み渡っていく。

挨拶まわりが思ったよりもハードで、緊張と寝不足が生じた私は本当に過呼吸になってしまったのだ。

それにいち早く気付いた一成さんが、こうして私を座らせてくれたわけなんだけど。人の輪から離れた今はもうだいぶ落ち着いている。

「本当にすみません」

「いや、無理をさせてすまなかった。医務室へ行こうか？」

「いえ、もう落ち着いたので大丈夫です。まだご挨拶ありますか？　私ちゃんとできます」

すっくと立ち上がるとすぐさま両肩を押されて椅子に戻された。

「もう大方終わった。なにか食べるか？」

ホール内には軽食が準備されており、各々プレートを持って食事しつつ会話を楽しんでいる。

小さくコクンと頷けば、一成さんは私を椅子に留めて食べ物を取りに行ってくれた。

その後ろ姿をぼんやりと見つめる。

本当に、一成さんはかっこいい。

顔だけじゃなくって、立ち姿も後ろ姿も、存在全てが美しく見える。

仕事中の厳しく凛々しい姿からは想像もできないほどの柔らかな微笑みを向けられると、まるでご褒美をもらっているかのよう。

そんな彼の元で働くことができる日が来ようとは夢にも思わなかった。

高校生のとき、一成さんにフラれて。

苦い思い出を忘れようと新しい恋を探したこともあった。

大学で仲良くなった男友達もいたけど、結局恋愛には発展せず、手の届かない一成さんのことを心のどこかでずっと探していた。

だから、今こうして一成さんと再会できて嬉しく思う。

恋人になりたいだなんて、そんなおこがましいことは思わない。

近くで仕事ができることで十分満足している。

しかも今回は婚約者の真似事だなんて、緊張はしたけどいい思い出をもらえてとても嬉しかった。

「千咲、好き嫌いはなかったか？」

「はい、ありがとうございます」

何種類かの食べ物が載せられたプレートをありがたく受け取る。一成さんは私の隣に腰を下ろした。

ああ、本当に――まるで恋人みたい。

一時でもこんな素敵な体験をさせてくれてありがとう、神様！

「驚きました。本当にお見合い話がたくさん出てきて……」

「こうもあちこちから言われるとうんざりするだろう？」

「確かにそうですね」

「そんなに塚本屋との関わりがほしいのか……」

「それもそうですけど、一成さんに魅力があるからじゃないですか？　モテモテですね」

「……俺は千咲だけでいいんだが」

「……え？」

思わず食べていたものをゴクンと丸飲みしてしまうほど、動揺で鼓動が激しくなっていく。

そ、それはどういう意味で――？

「……あ、の……」

と口を開きかけた瞬間、「一成」と呼ぶ声がして私たちは顔を上げる。

一成さんが立ち上がるのを見て、私も慌てて立ち上がった。

「婚約者を紹介してるって聞いたぞ。なぜ、私には紹介しない？」

その言葉にドキッとする。

そうだった、今日は一成さんの婚約者としてここに来ているのだ。上手く挨拶をしなくては、と気合いを入れ直す。

「ああ、すみません。あとで紹介しようと思っていましたよ、父さん」

と、私の肩を抱く一成さん。

て、ちょっと待って、お、お父さん⁉

急に私の頭の中は大騒ぎだ。

いや、確かに、塚本屋の社長は一成さんのお父さんなんだから、当然この会場に来ている。一成さんがお客様に私を婚約者だと触れまわっているのだから、当然社長の耳にも入るはず。親に先に挨拶もせずこんなことをしちゃっていいの？　……といっても今さらなんだけど。

私の焦りとは対照的に、一成さんは涼しい顔をしている。

「お客様対応でなかなか話せないと思いまして」

「ああ、確かにな」

「改めて紹介します。婚約者の片山千咲さんです」

「ご、ご挨拶が遅れて申し訳ありません」

ええい、もう、どうにでもなれ。

半分自暴自棄になりながらも、私は丁寧に頭を下げた。

「……千咲さん？」

「は、はいっ」

「もしかして夏菜の友達の？」

「あっ、そうです。ご無沙汰しております」

夏菜の家に遊びに行くことが多かった私は、当然お父さんの顔を知っている。何度か顔を合わせたことがあるからだ。

でも、こうして会話をするのは初めてかもしれない。

お父さん――社長も多忙な方であまり社内にいないし、いても社長室にこもっているので滅多に顔を合わせないのだ。

「それにしてもいつの間に。全然気付かなかったな」

「そんなわけなので、今後は縁談話を持ってこないでください」

「ああ、わかったよ。それにしても千咲さん、綺麗になったね」

「えっ！　あ、あの、ありがとうございます」

「父さん、社長ともあろう人がなにを言うんですか。セクハラですよ」

不快そうに眉をひそめる一成さんだけど、社長は気にせず軽快に笑う。

私も、「綺麗になった」と言われて悪い気はしない。

「そういうお前こそ、千咲さんを秘書として働かせているんだろう？　なんだか見たことがあると思っていたんだ。社内恋愛禁止とは言わないが、節度はわきまえろよ」

「当たり前でしょう」

一成さんは涼しい顔をして答えるけど、私は内心ヒヤヒヤして仕方がない。

仕事中に副社長室でキスしたとは思えない発言だ。

あれは節度をわきまえてないよね。

き、気をつけよう……

今度こそ大きく息を吐き出して、椅子にペタンと座り込んだ。

まさか一成さんのお父さんにまでご挨拶することになるとは。

縁談話を断るために婚約者のふりをする仕事だったはずなのに、大丈夫だろうか。

「一成さん、あの、大丈夫なのでしょうか？」

「なにか問題があったか？」

「いえ、社長にまで婚約者だって紹介して」

「不満か？」

「そういうことではなく」

「父さんも千咲のことは気に入っているからな、いいんじゃないか？」

「気に入る!?」

「小動物みたいで可愛いと言っていた」

「え、ええっ……」

あれ？

以前に似たようなことを聞いた気がする。

確か夏菜と一成さんの話をしていて……

『千咲は小動物みたいで可愛いって、昔言ってた。うちで飼ってるハムスターに似てる』

まさか一成さんのお父さんにも、同じことを思われていたなんて。

「うう～」

突然呻《うめ》き出した私を見て、一成さんは怪訝そうに眉根を寄せる。

「どうした？」

「……なんでもないです」

頭を抱えたくなりながら、腹いせとばかりにお茶をがぶ飲みした。

これじゃいつまでたっても一成さんに見合う女になれない。

……いや、なってどうするのって話だけど。

挨拶まわりという重大ミッションを無事に終えた私は、純粋にパーティーを楽しむ時間をもらった。

前方にはステージが設けられ、余興のために呼ばれた大道芸人が、先ほどから拍手喝采を受けている。ホール中央には一流ホテル並みのおしゃれな軽食が並び、そこには塚本屋自慢のお茶を使ったスイーツもたくさん振る舞われていた。

ゼリーにわらび餅、抹茶ケーキにほうじ茶プリン。

どれも一口サイズなのがありがたい。

私はプレートいっぱいにスイーツを載せて、一人悦に入った。

「ん～、美味しい～」

さすが塚本屋、通販サイトで常に贈り物ランキング上位にいるだけのことはある。こんな美味しいもの、贈りたいしもらいたい。

あれやこれやとこんなに贅沢に頬張っていいものなのだろうか。いやきっと、一成さんの婚約者役を務めた私へのご褒美なのだ。思い切り堪能しよう。

などと考えていると、突然「くっ」と押し殺したような笑いが隣から聞こえる。

「一成さん、どうかしましたか？」

「いや、千咲がコロコロ表情を変えながら食べているから、つい」

「あっ、すみません。変な顔していましたか？　気をつけなくちゃ」

スイーツの美味しさに気を取られて顔が緩んでしまっていたかも。仮にも婚約者役を務めているのだから、一成さんに恥をかかせないようにしなくちゃ。

……と思うとちょっと欲張って盛り過ぎたかかな？

「今度はなにを考えているんだ？」

「えっ？」

「どれを食べようか迷っている、とか？」

「あ、いえ、ちょっと欲張りすぎたかなと思いまして。一成さんは食べないんですか？」

「そうだな、じゃあ、わらび餅をもらおうか」

急に右手を掴まれたかと思うと、そのまま持っていたフォークでわらび餅を掬《すく》う。一成さんは私の手を掴んだまま、わらび餅を口に入れた。

まるで私が一成さんに食べさせてあげたかのようなその状況を理解すると、みるみる体温が上昇する。

「うまいな」

静かに、それでいてクールに呟く一成さんからは恥じらいの「は」の字すら感じられなくて、動揺しているのは自分だけなのかと余計にドキドキしてしまう。

「……塚本屋のスイーツはどれも美味しいです」

「開発部門の努力の賜物だな」

そう言って、一成さんは目を細めた。

その姿が妙にかっこ良くて、またしても心臓がドクンと大きく波打つ。

仕事に誇りを持ち、正当に評価する、その働く姿勢は頼もしくて立派だ。この言葉を開発部門の人が聞いたら、喜ぶに違いない。

私も一成さんに評価してもらえるように頑張って働かなくては。

これからの仕事に一層精を出そうと決意し、美味しそうなロールケーキにフォークを刺す。

「あ……」

そうだった。さっきこのフォークで一成さんはわらび餅を食べたんだった。

い、いいのかな？

同じフォークで。

ていうか、一成さんこそ、私が使ったフォークで良かったの？

そういうの、気にしないタイプとか？

「どうかしたか？」

「いえ……」

「食べさせてやろうか？」

「なっ……！　じっ、自分でできますっ」

一成さんが変なことを言うから、無駄に緊張しながらそのフォークでロールケーキを口に運ぶ。

抹茶の渋さとクリームの甘さがドキドキした気持ちと絶妙に相まって、いつもより甘く感じられた。

第三章　恋する気持ち

「千咲、ちょっといい？」

珍しくお姉ちゃんに呼ばれて部屋に入る。

お姉ちゃんとはそれなりに仲が良いけど、社会人になってからはお互いの時間が合わずにすれ違うことも多かった。こうして部屋に入って二人きりで話をするのはいつぶりだろうか。

お姉ちゃんは私より五歳年上で、なんでもそつなく器用にこなす秀才タイプ。おまけに美人で器量もいいからご近所さんからの評判もよく、自慢の姉だ。

「実はね、私結婚することになったの」

「えっ！　そうなんだ、おめでとう！」

「ありがとう。彼の転勤についていくから、もう来月には家を出て行こうと思ってて」

「遠くに引っ越すの？」

「そうなの。彼を支えてあげたくて」

「なんかお姉ちゃんらしいね」

ほんのりと頬を染めながら語るお姉ちゃんは幸せに溢《あふ》れていて、見ているだけで眩しい。

彼を支えてあげたいだなんて、そんなことを言えるお姉ちゃんはすごい。よっぽど好きなんだろうな、と見てて思う。

美人なお姉ちゃんのことだから、きっとウェディングドレス姿も素敵に違いない。想像すると、こちらまで顔がにやけてしまいそうになる。

「やっぱりお姉ちゃんはすごいね」

「え？」

「だって、良い大学入って大手に就職して、結婚適齢期に結婚して、しかも旦那さんを支えたいだなんて、良い女すぎるじゃん」

思ったことをつらつらと口に出したら、なぜだかお姉ちゃんは困った顔になった。

なにか変なことを言ってしまったかと自分の発言を振り返るが、思い当たる節がない。

「千咲はさ、優しいよね」

「え、どこが？　優しいのはお姉ちゃんだと思うけど？」

少し躊躇《ためら》いがちに私を見るお姉ちゃんは、きゅっと眉尻を下げた。

「千咲に謝っておこうと思って」

「謝る？」

意味がわからず首を傾げる。

私がお姉ちゃんに謝ることはあっても、お姉ちゃんが私に謝ることなどないはずだ。だって私はお姉ちゃんから嫌なことをされたり言われたりしたことがないのだから。

言いづらそうにしながらも、お姉ちゃんはゆっくりと口を開く。

「うちのお父さんとお母さんって、すぐに人と比較するでしょう？　そのせいで千咲が傷ついてるのを、私はいつも見て見ぬふりしてきた」

「……」

ドキリと心臓が脈打つ。

確かに両親は、なにかにつけてお姉ちゃんと私を比較してきた。お姉ちゃんはできるのにとか、お姉ちゃんを見習いなさいとか。

その度に私は自分の無力さを思い知る。確かに、お姉ちゃんはできるのだ。両親の目からだけでない、妹の私から見てもお姉ちゃんはできる人だった。だから、羨ましいと思うことはあっても、お姉ちゃんに敵意を抱いたことはない。

「私はお姉ちゃんを恨んだことなんてないよ。だって、お母さんの言うことは本当だもん。お姉ちゃんはすごいと思う」

「でも千咲は傷ついていたでしょう？」

「……うーん、まあ、ちょっとは」

「私は千咲がそうやって言われることで、親からの嘲《あざけ》りを回避していたの。だから、優しいなんてことはない、浅ましい女なの」

ごめんね、と瞳に涙を潤ませながら懺悔をするお姉ちゃんに、私はただただ困惑した。

だって、やっぱり私はお姉ちゃんから嫌な思いはさせられてないし、お姉ちゃんは私の目標とする人だったから。だから逆に、お姉ちゃんがそんな風に私のことを想ってくれていたことが嬉しいと感じる。

「お姉ちゃんは私の目標なんだ。いつも先を行くから、私は追いつこうって必死になってる。だから……ありがとう」

「千咲……」

いよいよグズグズと泣き始めるお姉ちゃんは、それでもやっぱり綺麗で、思わず私も感極まって目元が潤んだ。

お姉ちゃんはできるのに、と言う言葉は私の胸だけをグサグサと刺しているのだと思っていたけど、比較対象にされていたお姉ちゃんをも傷つけていたらしい。

私もお姉ちゃんみたいに頭がよくて器量も良ければ、こんなことにはならなかったのかな？

はあ、と息を吐くとお姉ちゃんが殊更心配そうな顔をした。慌てて私は首を横に振る。

「なんでもないよ。それよりお姉ちゃん、仕事辞めるってこと？」

「うん。ついていくには辞めるしかないから」

「そっかぁ。でもなんかもったいないね。せっかく大手に就職できたのに」

「そうかな？　別に私は会社にこだわってなかったもの。親がうるさいから頑張って入っただけなのよ。好きな人と一緒にいられることの方が幸せだわ」

「お姉ちゃん惚気《のろけ》てる？」

ニヤニヤといやらしく笑うと、「なっ、ちがっ……」とお姉ちゃんはみるみる頬を染めた。そんな姿さえもいじらしい。きっと大切にされているんだろうなと私の妄想が捗《はかど》って仕方ない。

「そ、そんなことより、千咲は仕事順調なの？」

「えっ？　私？」

「塚本屋で働いているんでしょう？」

「ああ、まあそうなんだけど、派遣社員だよ」

「派遣でもなんでも、千咲だって大手で働いてるんだからすごいよ」

ぐっと拳《こぶし》を握ってうんうんと頷くお姉ちゃん。お姉ちゃんにそう言われると少しだけ自信が湧いてくる。派遣社員だからって卑下《ひげ》する必要はないのかなって。

「でも副社長の秘書だからさ、いつも緊張する」

「副社長ってあのイケメンで有名な？」

「確かにイケメンだけど、そんなに有名なの？」

「やだ、知らないの？　よくビジネス雑誌に載ってるよ」

お姉ちゃんは本棚をゴソゴソすると、一冊のビジネス誌を取り出してペラペラとめくった。「ほら、ここ」と見せられたページには紛れもなく一成さんが載っていて、そのかっこ良さに思わずドキリとする。

三つ揃えのグレーのスーツ。ネクタイに手を添え流した目線は、ニコリともしていないのに大人の魅力たっぷりで、これがビジネス誌だということを忘れてしまいそうなほど。

「すごいよね、若くして副社長だなんて。よっぽど優秀で期待されているのね」

感心するお姉ちゃんに、うんうんと激しく同意する。

本当に、そんな立派な人の秘書が私なんかでいいのだろうか。

社長の秘書は社員の時東さん。

他にも秘書をやっている人がいるけど、派遣社員なんて私だけのような気がする。

「副社長の秘書って、普通社員がやるものじゃない？」

「さあ、どうかしら？　副社長がそれでいいならいいんじゃないの？　だって、別に派遣社員が社員より劣っているわけじゃないでしょう？」

「……劣っている気がする」

「それは自分を下に見すぎよ。千咲は私の自慢の妹なんだから、もっと自信持って」

「お姉ちゃんってほんと優しい」

「千咲は私の大切な妹だもの。ちょっと遠く離れてしまうけれど、これからも仲良くしましょう」

ふんわりと微笑むお姉ちゃんは本当に綺麗。

私もお姉ちゃんみたいに綺麗だったら、ちょっとは一成さんに振り向いてもらえるだろうか。

……って、違う違う。

別に私は一成さんとどうこうなりたいわけじゃない。

時東さんからも、副社長に恋心を抱くなと言われているし。

ちょっと婚約者の真似事なんてしてしまったものだから、心が浮ついているのだ。

そう、それだけなのよ。

「千咲はいい人いないの？」

「うっ……い、いない」

そんなタイミングでお姉ちゃんが聞くものだから、思わず言葉に詰まってしまった。

「彼氏ができたら紹介してね」

「……できたらね」

はは、と、乾いた笑いしか出てこなかった。

一成さんにはフラれているし、それなのにときめいちゃう自分の心も落ち着けと思っている。ご縁があって働かせてもらっているけれど、こんな状態じゃ自分の将来も不安だ。

いろいろなことに中途半端な私に彼氏ができるなんて、夢のまた夢。

ていうか一成さんを意識しちゃってる時点で、新しい恋ができる気がしない。

そう、そうなのだ。

新しく恋をするというのがどういうことなのか、忘れてしまった気がする。

◇

創業パーティーで一成さんの婚約者役を務めたことが嘘のように、またなんでもない日常に戻っていた。

別になにかを期待していたわけじゃないけれど、ほんの少し寂しい気がしているのはなぜだろう。

きっとこの寂しさは、お姉ちゃんが結婚するからだ、そうに違いない。

その後改めてお姉ちゃんの旦那さんになる方——幸助《こうすけ》さんのご家族と顔合わせがあった。

幸助さんは想像した通り、とても人当たりが良くて優しく、穏やかな笑顔を浮かべる人。お姉ちゃんとお似合いすぎて胸がいっぱいになった。

うちの両親は私たち子供には容赦ないけど、外面はとても良いので終始穏やかに事が進む。

「仕事柄、転勤が多くて苦労をかけるかもしれませんが、精一杯幸せにします」

「二人で手を取り合って歩んでいけたらと思います」

お姉ちゃんと幸助さんはお互い見つめ合って微笑む。

幸せオーラ全開で私の胸もきゅんきゅんと悲鳴を上げていると、ふいに幸助さんがこちらを見る。

「お姉さんはいつも千咲さんのことばかり話してくれるんだよ。とても可愛い妹なんだって。それなのに、僕がお姉さんを遠くへ連れて行ってしまって申し訳ないな」

「い、いいえ。姉とは仲が良いですけど、それ以上にお二人が幸せそうで安心しました。この間も私に惚気《のろけ》てきて――」

「ちょっと、やだ、千咲ったら！」

真っ赤になって慌てふためくお姉ちゃんに、その場にいた全員が温かい眼差しを向けていた。

皆から愛されているお姉ちゃんは本当に幸せいっぱいだった。

それに比べて私はというと――


今日も今日とて仕事に勤しむ。

時東さんのような聡明な美人秘書になるべく、努力中。まだまだ足元にも及ばないのだけれど。

ちょっと休憩とばかりにお手洗いに立った。個室に入っていると、あとから入ってきた人たちの会話が聞こえてくる。

「今回の副社長の秘書、いつ辞めると思う？」

その言葉にビクリと反応し、出るに出られなくなる。

いや、それよりも気になりすぎて胸がざわざわと騒ぎ出し、無意識に息をひそめた。

「やっぱり時間の問題じゃない？」

「そうかなぁ？　でも案外気に入られてない？」

「片山さんが副社長に？　ないでしょー」

「でも創業パーティーも一緒に参加したらしいよ。連れ歩いていたんだって」

「えー、嘘ぉ。でも片山さんだよ。恋人というよりはペットじゃない？」

「確かに。飼い主とペットだ。しっくりくる」

きゃはは、と騒ぎ立てる彼女たちが早く出て行かないかと、私はバックンバックンする胸を押さえていた。

一成さんの秘書がすぐに辞めてしまうことは周知の事実のようだ。だから私もまわりからそういう目で見られていたのだとわかった。

それにしても、ペットって……

私なりに頑張っているつもりだったし、これからも頑張っていきたいと思っていたのだけれど。

まさか他人からそんな風に思われていたとは。

(私ってば全然ダメなんだな……)

聡明な美人秘書とはかけ離れすぎていて、気持ちがずんと沈んだ。

それからはもう、そのことばかりずっと考えてしまって、仕事に身が入らなかった。時東さんの所作を見てはそのスマートで綺麗な姿を自分と比較してため息が出るし、お客様をご案内するときはこの人たちも私を秘書とは見ていないかもしれないと考えたり。

他にも派遣社員っているのだろうか。まさか私だけ……とか？

あの人もこの人も、私のことを副社長のペットだと思っているのだろうか、とか。

とにかくネガティブ思考で、頭の中がぐるぐると負のループを描いている。陰鬱な気分のまま早く終業時刻にならないかと、そんなことばかり願っている自分がなんとも情けなく本当に嫌だ。

「どうかした？　元気ないみたいだけど」

声をかけられて、はっと顔を上げる。

時東さんが心配そうに覗き込む、そんな気遣いすらも、なんだか自分が余計に劣等感に苛《さいな》まれる気がして胸が苦しくなった。

だけどわかっている。時東さんはそんなつもりで声をかけたわけではないのだ。

「もしかして鬼のように仕事が回ってきた？」

「いえ……はい、仕事はたんまりとありますけど」

「なにか悩み事？」

ごく自然に気遣ってくれた言葉。

時東さんは本当によくできた女性だ。

すぐに感情が表に出てしまう私とはまるで違う。

私がちゃんと仕事をこなしているか、滞っていないか、ミスはないかとフォローを怠らない。部下である私をよく見てくれている。上辺だけで判断するような、他の社員さんとは違う。

だからきっと、時東さんならこのもやもやした感情を上手くいなしてくれるのではないかと、期待してしまった。

「あの」

「うん？」

「私って、副社長のペットみたいですか？」

「……はい？」

目をぱちくりさせながらも、時東さんは顎に手を当ててしばし考えたのち、「確かに」と頷いた。

まさか時東さんまで肯定するとは思わず、ハンマーで頭を殴られたかのようなショックを受ける。

（私は一成さんの隣にいると、そんな風に見えてしまうんだ……）

そう思ったら急に目の前が真っ暗になる。色を失くした世界が広がり気が遠くなりそうになった。

「片山さん小さくて可愛……ちょっ、どうしたの？　やだ、どうしようっ！」

目の前の時東さんが急に慌て出す。

一体どうしたというのだ。

オロオロとする時東さんをどこか遠くで見つめていると、自分の視界がぼやけていることに気付いた。

（ああ、そっか。私、泣いてるんだ）

自覚した涙を止めることができず、湧き出る泉のように溢《あふ》れて頬を濡らした。

「違うのよ、可愛いって意味で言ったのよ」

「……すみま……せん」

ハンカチを差し出して慰めてくれる時東さんの声もまわりの音も、なにもかも、もうすっかり耳には届かなくなった。

けれど、わずかに耳を掠《かす》めた終業時刻を告げるチャイムの音。

意識は朧気ながらパソコンをシャットダウンし、逃げるようにオフィスを出た。

◇

会議が終わって一成がオフィスに戻る頃、もうとっくに終業時刻も過ぎており、フロア内はすでにほとんどの社員が退勤したあとだった。

その中で一人だけ、一成のことを恨めしそうに見る人物。いや、恨めしそうというよりは睨んでいると言った方が合っているだろうか。

「……どうかしたのか？」

あまりにも無言の圧力をかけてくるため、ため息混じりに声をかけてみる。

その睨んでいた人物――時東茜は、大げさに項垂《うなだ》れながら吐き捨てた。

「本当に罪な男ね、一成くんは。また一人優秀な人材を逃したわ」

「意味がわからないな」

「あなたの態度が悪いって言ってるのよ」

「品行方正だと思うが」

「バッカじゃないの？」

茜は蔑《さげす》むように敵意むき出しだったが、一成は動じずに冷ややかな目で彼女を見つめる。

そんな態度が余計に茜の逆鱗に触れた。

「片山さんが辞めたら、一成くんのせいだから」

「……なぜ千咲が出てくる」

一成はぐっと眉根を寄せるが、茜はそれ以上に眉をひそめる。

「これ以上、秘書を泣かせないで。辞められると私が困るのよ。一から仕事を教えて育ってきたと思ったら退職。理由は副社長が冷たいから、副社長にフラれたからって、バッカじゃないの？」

溜まっていた不満を吐き出すように一成に詰め寄るが、当の一成は突然のことで困惑するばかりだ。

もっとも、困惑しているようには見えないポーカーフェイスぶりなのだが。

一成が冷たいと思われるのはただ仕事に真面目なだけであり、元々寡黙な性格も相まってあまり感情を表に出さないから。人を惹き付ける容姿のせいなのか、社内ではそれがクールに映り女性社員にウケがいい。そして普段そんな態度をしているくせに、取引先や関連企業など外に向けては綺麗な笑顔を見せる。このギャップがたまらなく女性を虜にする。

そういった女性は、どうにか一成と良い関係になろうとする。仲良くなればもっとたくさんの表情を見せてくれるのではないか、自分にだけは優しくしてくれるのではないか。あわよくば恋人になって、いずれ玉の輿に乗れるのでは。そんな希望を抱いてしまう。

遠くから見ているだけや、推しくらいに留めておけばいいものを、人間とは実に欲張りである。

そうして一成の魅力に憑《と》りつかれた者の行く末は、茜が嘆くほどに残念な結末を迎えてしまうのだ。

茜とて、一成だけが悪いとは思っていない。今まで一成はどの女性に対しても一貫した態度を取ってきたのだから。

勝手に勘違いして暴走して辞めていく女性――とりわけ副社長の秘書たちの恋するパワーには、その情熱はどこから来るのかと呆れるばかり。ただ、冷たい態度の一成を見る度に、ほんの少しだけ彼女たちに同情する気持ちもあったりなかったり。

だから、もう社員の中から副社長の秘書を選ぶことはやめたのだ。

仮にも大企業の塚本屋。社員に採用される倍率は相当のものだ。去年の応募者数もかなりの数だったと聞く。この熾烈な就職活動をかいくぐってきた優秀な人材を、たかだか色恋沙汰で無駄にしてほしくない。

それが一成とは別の意味で真面目な茜の想いであった。

派遣社員として入った千咲は、初めの頃こそオロオロしていたが、とても真面目で勤勉だった。

茜が教えることはきちんとメモを取り、失敗は次へ活かそうとする。教えがいがあり、しっかりと育てればきっと良い秘書になる。そうなれば社員へのステップアップだって夢ではない。

そんな千咲に期待を抱きつつ、懸念することは一成への恋心。歴代の秘書たちの二の舞にならないように彼女を守らなくては。

だが、意外だったのは一成の方が千咲に興味があることだった。以前から一成の千咲に対する態度が柔らかいような気はしていた。それを裏付けるような創業パーティーでの婚約者役。

我がいとこながら、まわりくどい口説き方をするものだと呆れたのだが、そうならそうでくっついてしまえばいいと思う。それで仕事が円滑に進むなら、茜にとってこの上ないこと。

一成が外だけでなく社内でも穏やかでいてくれた方が、社内環境も改善されるはずなのだ。

「あなたが片山さんを弄《もてあそ》んでいるからいけないのよ」

「弄《もてあそ》ぶ？　俺が千咲を？」

「彼女、相当思い悩んでいたわ。大泣きして帰って行ったから」

「待て。それでなぜその原因が俺なんだ」

「あなたが都合良く婚約者役をさせたりして連れ回してるからでしょう。ほんっとに女心がわからない男ね。一成くんは片山さんを気に入ってるのかもしれないけど、片山さんはどう思っているのかしらね？　今までの秘書と違うなら――特別だと思うならもっと大切にするべきよ」

「……その気の強さで毎回恋人にフラれるお前に言われたくない」

「なんですってぇ！」

茜の触れてはいけない過去に爪痕を残し、まだ物言いたげな茜を無視して一成は副社長室へ入った。

パタンと閉まる扉。ふと漏れたため息がやけに大きく耳に響いて、一成の心にしこりを残した。

◇

「夏菜ぁ……」

『ちょっと、あんた泣いてない？』

「ぐすっ」

『ああ、はいはい、話聞くから』

どうにもこうにも涙が止まらない私は、家に帰るなり自分の部屋に閉じこもった。

一人では処理しきれないこの感情。

気付けば親友の夏菜に電話をかけていた次第だ。

『――で、なに？　ペット扱いされたのが悔しいわけ？』

「そう、なのかな？」

一通り話を聞いてくれた夏菜は、私のとりとめのない話を要約してくれる。けれど、私はそれにすら上手く答えられない。わからないのだ、自分の感情が。

『じゃあさ、千咲はお兄《にい》のなにになりたいの？　恋人？』

「こ、恋人？」

『あれ？　違うの？　てっきり千咲はお兄《にい》のことが好きなんだと思ってたけど』

ズバリと言い当てられたようで、動悸が激しくなる。

まさか夏菜にそんな風に見られていたなんて、彼女はとんだポーカーフェイスだ。

「……そんなにわかりやすい？」

『そりゃ。むしろバレてないと思ってることにびっくりよ』

「あああ……」

穴があったら入りたいとはこのことだ。恥ずかしすぎて顔から湯気が出そう。電話越しだというのに、目の前に夏菜がいるのかと思うほど羞恥心が襲ってくる。

私は一成さんが好き。

一度フラれているけれど、やっぱり好き。

ただの憧れだなんてごまかしていたけど、そんなの嘘っぱちだ。いつまでも諦めきれないから、新しい恋だってできない。恋の仕方を忘れたんじゃなくて、ずっと一成さんに恋をし続けている。

そのことを夏菜との会話で認識させられてしまったような気がした。

一成さんの秘書をやらないかと言われたときだって、内心嬉しいって気持ちがあったから。一成さんに近付けるチャンスだと私の中の悪魔が囁いたから。ああ、本当に浅ましい。

浅ましいといえば、お姉ちゃん、千咲も浅ましい女でした。

——なんて懺悔してみたり。

そんな私のぐるぐるとした気持ちを察してか、夏菜は一人クスクスと笑う。

『ねえ千咲、ペットって意味知ってる？』

「意味？」

『そう、意味よ、意味』

「うーん……飼育される動物ってこと？」

至極真面目に答えたけれど、電話越しの夏菜は更に高らかに笑った。

『もう、違うわよ。ペットって愛玩動物でしょ』

「愛玩動物？」

『つまり、お兄《にい》にとって千咲はお気に入りで可愛い子ってこと』

お気に入り？

可愛い？

誰が？

……私が？

「ひっ、ひゃぁぁぁっ」

頭の中で合致した瞬間、変な悲鳴が出てしまった。

夏菜が可笑《おか》しそうに笑っている声が耳に響く。

笑い事ではない。笑い事ではないのだよ。だって、本当にそうだとしたら、私は落ち込む必要なんてないし、ましてや泣くなんてバカみたいだし。

むしろ羞恥心が湧き上がって、もう昇天してしまいそうだった。

『もしもーし、おーい、千咲ー？』

呼び掛ける夏菜の声をしばらく無視してしまうほど、私の心はふわふわとさまよっていた。

翌日のカフェモーニング。

本当に、もう、行くのが躊躇《ためら》われた。

だって、どんな顔をして一成さんに会えばいいのかわからない。意識してしまったらその想いは留まることを知らなくなるのではないかと思ったからだ。

副社長室の前で何度か深呼吸をする。ノックしようかやめようかと何度も拳《こぶし》を握っている私はさぞ滑稽だろう。

でもいいの、朝早い時間はフロアにはまだ社員はほとんど出社していないのだから。

ふう、と息を吐き出し、よし、と気合いを入れたときだった。ふいに扉が開いて一成さんが顔を出し、あまりのタイミングに「うわあああっ」と驚きの声が漏れた。

「驚かせたか？」

「あ、ああ、いえ、すみませんっ」

ドッドッと速くなる心臓を落ち着かせるため深呼吸をしていると、一成さんはじっと私を見つめてから小さく息を漏らし、口を手で覆った。

「……もう、来てくれないのかと思った」

「えっ？」

「いや、俺の態度が良くないと、昨日茜に説教されてしまって。だから……心配した」

「心配ですか？」

「そうだ。俺が心配するのはおかしいか？」

そんな顔を覗き込まれるようにして言われると、落ち着き始めていた心臓がまたもや速くなってしまう。

それにもしかしたらこれは、私を可愛がってくれているからこその言葉なのかも、なんて都合良く考えてしまったものだから、とたんに顔に熱が集まってくる。

「あの、ありがとうございます」

ドキドキと胸をときめかせていると、一成さんは眉間にしわを寄せる。

「もし仕事がつらいなら、無理にとは言わない。辞めてもかまわない」

「あ、はい……」

なんだ、心配していたのは仕事のことだったのかと一気に気持ちが萎《な》えて、バカみたいにときめいてしまった自分を必死に戒める。

夏菜の言葉を真に受けてしまったらダメなのだ。夏菜は落ち込んでいた私を励ましてくれただけなのだから。

一成さんはクールで仕事に厳しくて、恋愛なんかに現《うつつ》を抜かす人ではない。そんなことはわかっているはずなのに。

「一つ誤解のないように言っておくが、辞めてほしいとは思っていない。心配するのは千咲のことだけだ。わかったな」

「……はい」

「じゃあ、行くか。モーニング」

そう甘い言葉をかけられてしまったら頷くしかない。

一成さんの言葉一つで一喜一憂するなんて、どれだけ私は子供なのだろう。

ただ今日は、いつもよりも嬉しさがほんの少し多い気がして心がぽわぽわした。

第四章　不器用な二人

塚本屋には、入社五年目までの若手研究開発員による社内発表会がある。一成さんは大学で食品の研究を専攻していたらしく、入社後もしばらくは開発部に所属していたそうだ。今日はその社内発表会に出席するべく、私も会場のお手伝いに入っていた。

広めの会議室で机をコの字型にセットする。発表者のためのパソコンを繋ぐ配線などを前方に準備し、マイクやスピーカーなどの機材も事前にテスト。準備も終わる頃パラパラと人が集まってきて、私は邪魔にならないように会議室の端へ移動した。なにか不備があってはいけないので、始まりを見届けてから退出するという算段だ。

「一成さん、お久しぶりです」

凛としてそれでいてはつらつとした声が響き、思わずそちらに目をやると、小顔でスクエア型の眼鏡がよく似合う知的な女性が、にこやかに一成さんに挨拶をしていた。一つにまとめられた髪は清潔感があり、毛先はゆるりとウェーブがかかっていて歩く度にふわりと揺れる。体型はスラリとしていて、片手にはモバイルパソコンを持っている。彼女は「副社長」でもなく「塚本さん」でもなく「一成さん」と名前で呼び、嬉しそうに駆け寄った。

それに対して一成さんはというと……

「ああ、高田、頑張っているみたいだな。今日の発表、楽しみにしている」

と、非常に友好的な態度。

一成さんが社内の、それも女性に向けてそんな風に話している姿を初めて見て、私の心はざわざわと揺らぎ出した。

「はい！　一成さんに褒められるように頑張ります」

嬉しそうに答える彼女の様子を端から見ていた私は、急に落ち着かなくなる。

一成さんは元々開発部にいたのだから、そのメンバーと親しくても当たり前のこと。そんなことわかっているというのに、どうしたというのだろう。ざわざわ、もやもやとした気持ちを押し殺すべく、胸のあたりをぎゅっと握る。けれどどうしても二人の姿を追ってしまって、気が落ち着かないでいた。

私がずっと見ていたからだろうか、ふいに高田さんがこちらに気付いて不審な視線を向けた。

「あら、どちら様？　ここは若手発表会の会場よ。部外者立ち入り禁止なんですけど」

「えっと、すみません、会場のセッティングをしたら出ますので」

「ああ、もしかしてあなたが一成さんの新しい秘書？　副社長に飼われてるって有名よね。ふふっ、そんなこと言われて恥ずかしくないの？　それにあなた、派遣でしょ？　まあ、派遣ならペットで十分かもしれないけどね」

高田さんは手を口に当てて、可笑《おか》しそうにクスクスと笑った。嫌味なことを言われているはずなのに、それすらも知的に見える。

なにか言わなくちゃと思ったけれど、なにも言い返せない。確かにそうかもしれない、なんて思ってしまったからだ。

初めて会った人に改めて言われなくとも、すでに私の中では懸念事項として持っている。秘書仲間でも派遣社員は私だけ。副社長の秘書が派遣社員だなんて、一成さんは嫌じゃないだろうか、恥ずかしくないだろうか。ずっとそのことで悩んでいるというのに。

重苦しい雰囲気が漂う私とは対照的に、高田さんはそこに立っているだけで自信に満ち溢《あふ》れ、とても立派に見えた。私よりも何倍も何十倍も。

「高田、なにをしている。始めるぞ」

「はあい、今行きます」

先ほどまで私に向けられていた刺々しい口調はどこへやら、一成さんに呼ばれた高田さんは急に甘ったるい声で返事をしたかと思うと、ツンとした視線だけを残して私に背を向ける。

なんだか胃がキリキリとして嫌な感情に押しつぶされそう。このままここにいない方がいいと判断した私は、始まりを見届けることなく会議室を出た。

けれどすぐに「千咲」と後ろから呼ばれ、振り返る。

「一緒に聞いていくか」

「……いえ、他にも仕事があるので」

本当は社内発表会に少し興味はあった。最近塚本屋が全国展開したお茶専門ジェラートのお店は、この若手社内発表会での提案がきっかけだと聞いていたからだ。

けれどそれはやはり社員の特権であり、派遣社員の私は部外者感が強い。それに一成さんと高田さんのやり取りも見たくない、なんて思ってしまった。

もしかしたらこれは嫉妬なのかもしれない。

きっと、昨日夏菜とあんな話をしたせいだ。

『つまり、お兄《にい》にとって千咲はお気に入りで可愛い子ってこと』

思い出すと体に熱を持ってしまうようで、慌てて目線を下に落とす。本当にそう思っていてくれたら嬉しいんだけど。それを確かめるすべはない。

私の頭の上に、ぽんと優しく置かれる一成さんの大きな手。

「会議室の準備ありがとう」

声色だけでわかる、一成さんの優しさ。

いよいよ顔が上げられなくて、そのままぺこりとお辞儀をしその場をあとにした。

ドキドキと鼓動が速くなっているのがわかる。触れられた場所が熱い。意識してしまったら止まらない。

ああ、もう、絶対夏菜のせいだ。

私はブンブンと頭を横に振る。

「恋心を抱かないこと」と、最初に時東さんに忠告された言葉が脳裏をよぎった。

私は一度フラれた身なのだから、絶対に恋心なんてないと思っていた。私が一成さんを慕うのは恋ではなくて憧れ。芸能人でいうところのファン。推し。

……だと思っていたのだけど。

優しくされればされるほど、もっとほしくなる。

その言葉や微笑みを私だけのものにしたくなる。

ちょっと待って。

私、こんなに欲深い人間だったっけ。

「片山さん、ちょっと手伝ってもらえる？」

「は、はいぃっ」

急に声をかけられて肩がびくっと揺れた。

時東さんが不思議そうに私を見つめる。

「どうしたの？」

「な、なんでもないです」

愛想笑いをしながら時東さんのあとに続くと、やってきたのは大会議室。

「ごめん、今日人手が足りなくて。会場の設営と呈茶《ていちゃ》の準備をしてほしいの」

「わかりました」

会議の内容を確認しながら時東さんと手分けして黙々と作業をこなしていく。

事務作業だけではなく、こういった事前準備やサポートも立派な秘書の仕事だ。雑用業務は好きじゃないという人もいるみたいだけれど、私はこうして先回りして準備をすることで、この会議室を使う方たちが快適に過ごしてくれたらいいなと思う。他の会社を経験したことがないからわからないけれど、塚本屋の秘書はなにかとアクティブに動いている気がする。

時東さんも、他の秘書の皆さんも。私もそれを見習って、頑張らなくちゃ。

「だいぶ仕事に慣れてきたみたいだけど、どう？」

「はい、みなさん親切に教えてくださるのでなんとか頑張っています」

「そう、よかったわ。ところで」

「はい」

「一成くんのことどう思ってるの？」

ガタタッ！

足が椅子にもつれて派手な音が立った。

心臓がバックンと跳ねて、ぎこちなく時東さんを見る。

「ど、どどどどう、とは？」

「いや、好きなのかなーって思って」

「はぁああうっ！　い、いえ、その、す、好きか嫌いかと言われれば、好きです。じょ、上司ですしっ」

「そういうことを聞いているんじゃなくて。っていうかなんかもうわかったわ。あはは！」

時東さんは可笑《おか》しそうに笑い転げているが、私はそれどころではない。

なぜ急にそんなことを聞いてくるのかわからず動揺が激しくなる。

完全に真っ赤な顔になった私を見て、時東さんはさらにねっとりと微笑んだ。

「動揺がすごくてお姉さん悶えちゃう」

やばい。

時東さんにバレている。

恋心は抱いてはいけないのにっ！

真っ赤になった顔は一気に青ざめ、私は土下座する勢いで頭を下げる。

「いえ、その、……すみませんっ！」

「どうして謝るの？」

時東さんは不思議そうに首を傾げる。

まるで私が可笑《おか》しなことを言っているかのように。

「……だって、副社長に恋心を抱かないことって言ってましたよね」

「あ〜確かに言ったわね」

思い出したかのようにうんうんと頷く時東さんは、意地の悪い笑みを浮かべながら私に迫る。

「やっぱり恋してるんだ」

「はわわわわっ」

もうどうにも取り返しのつかない状態に、返す言葉もない。

これから時東さんに叱られるのか、はたまた派遣契約を切られるのか、どちらにせよ、私に選択肢はない。

物々しい雰囲気の中に身を小さくしてその時を待つ。

けれど時東さんは、ふっと柔らかな笑みを落とした。

「ごめんごめん、歴代の秘書たちの態度があまりにもだったから。片山さんはわきまえてるもの。別に恋したっていいんじゃない？」

いいと言われても私の心臓はドキッと嫌な音を立てた。

副社長室でのキスが思い出されて、バックンバックンと動揺が走る。あれはどう考えてもわきまえていない行動だ。

焦る私をよそに、時東さんは意味深な視線で私を射貫く。もうなにもかもお見通しだと言わんばかりで、ますます心臓が痛い。

「なんていうか、一成くんの方が片山さんを気に入ってるみたいだしねぇ？」

「そうでしょうか？　私なんてなにも取り柄がないし、一成さんに気に入られる要素がないというか……」

「どうしてそう思うの？」

「だって、私は派遣社員ですし、器量も良くないので」

「ふ〜ん、片山さんは自分に自信がないのね」

改めて他人から言われると「はい」としか言いようがない。

昔からずっと、自分に自信がない。私には優秀なお姉ちゃんがいていつも比較されていたし、頑張った就職活動も上手くいかなかった。時東さんみたいに美人でもなければ、胸だってぺっちゃんこの幼児体型。

こんな私のなにが良いっていうの。

「でも創業パーティーの時、立派に婚約者役を務めたじゃない」

「あ、あれは、なりゆきで」

「そのまま婚約者ってことでいいんじゃない？」

「えっ、それは、いけません」

「だって、一成くんのこと好きなんでしょ」

「そんな大きな声で言わないでください。恥ずかしいです」

「なあに？　今さらじゃないの」

まるで私の言い分が可笑《おか》しいとばかりに、時東さんは呆れる。

そんな簡単な関係なら悩んでいないというのに。

「だ、だいたい、私は昔に一度フラれているんです。それに今は仕事をちゃんと頑張りたいですし」

「えっなに？　どういうこと？　ちょっとその話、詳しく聞きたいわ」

「えっ？　だから、仕事を」

「そうじゃなくて、フラれたって？」

「そっちですか！」

「だって気になるじゃない。私、そういう話大好き」

「と、時東さん〜！」

時東さんのミーハー心に火をつけてしまったらしく、その日は終業後に時東さんに拉致られることとなったのだった。

オフィスビルから程よく近く歩いていける距離に、時東さんお気に入りのバーがある。

連れられて入った私の目の前に置かれたオレンジ色のカクテルが、淡い照明を反射して妖しく揺れた。

「じゃあ乾杯」

グラスをぶつける小気味良い音が妙に緊張を高めていく。

「そういえば、片山さんの歓迎会をしていなかったじゃない。今日はそれってことで」

「ありがとうございます」

と言いつつ、根掘り葉掘り聞きたそうな時東さんの笑顔に私は顔がひきつった。

「それで、一成くんにフラれたっていつの話？」

「あ……ははっ……」

適当に回避しようと思っていたけれど、時東さんの期待の眼差しは強まるばかり。

「あ、なにか食べる？　ここ、お酒だけじゃなくてパスタやサラダもあるのよ。すみませーん」

手際よく注文していく時東さんは日頃の仕事ぶりと重なって頼もしい。なんでもてきぱきとこなす時東さんは、本当にできた人だと思う。

「ごめん、パスタよりピザが良かった？」

「いえ、大丈夫です。時東さんの手際の良さに惚れ惚れしていただけなので」

時東さんは綺麗な笑みを浮かべると、取り皿とフォークを差し出してくれる。

「この前は泣かせちゃってごめんなさいね」

「あ、いえ」

「私は可愛いって意味でペットを肯定したんだけど、片山さんが悩んでいるなんて知らなくて。浅はかだったわ」

時東さんは眉尻を下げて、申し訳なさそうに詫びてくれた。

けれど、それは私にとって勇気となる。時東さんも夏菜と同じ、ペットは可愛いという意味で解釈してくれていたようだ。

「こちらこそすみませんでした。そういう意味もあるんだなって知れてよかったです。友達にも、それは可愛いって意味なんだよって言われて、目から鱗というか、考え方や捉え方一つでこんなにも見える世界が違うんだなって気付けたのでありがたかったです」

「そういうところ、本当に可愛いわね。一成くんが独占したくなるのが、わかる気がする」

「独占……？」

ふふっと時東さんは微笑み、綺麗な所作でグラスに口を付けた。大人の色気がだだ漏れで、思わず見惚れてしまいそう。

「私と一成くんはいとこでね。家もわりと近くて昔から交流があるのよ。歳も同じだし、なにかにつけて競争していたわ。どっちがテストの点が良かったか、とかね。今はそうね、どちらが先に結婚するかだけど、これに関しては負けそうだわ」

「そうなんですか」

「一成くんったら、私の気の強いところが恋人にフラれる原因とか言うのよ。デリカシーないわよね」

「私は時東さんが羨ましいです。私もハキハキと喋りたいし堂々としたいんですけど、どうも苦手というか」

「片山さんはそのままでいいのよ。私みたいになったら一成くんに嫌われるわよ」

時東さんは朗らかに笑う。

裏表のないその笑顔は、なんだか私の心を少し軽くしてくれるようで、勇気が湧いてくるようだ。

「私、高校二年生のときに一成さんに告白したんです。それでフラれて……」

「そんなに前から知り合いだったの？」

「一成さんは私の親友のお兄さんなんです」

「ちょっと待って。夏菜ちゃんと片山さんって友達なの？」

「はい、高校で仲良くなって、よく夏菜の家に遊びに行っていました」

「なんだ〜、前から塚本家と縁があったのね。社長のことも知ってたんだ」

「何度かご挨拶したくらいですけど……」

本当に挨拶程度。まさか塚本屋の社長だとは知らなかったし、夏菜の部屋にこもってばかりだったから関わりなんてあってないようなもの。

だけど、時東さんはうんうんと納得したような顔で頷く。

「片山さんが入社したときの反応が良かったもの。塚本家に気に入られてるのね」

「そうなら嬉しいですけど。あ、先日の創業パーティーで、一成さん、社長にも私を婚約者って紹介してしまって」

「一成くんったら、まわりから固める感じね。いいじゃない、やっぱりそのまま婚約者でいたら？

一成くんのこと好きなんでしょう？」

「わ、私は好きですけど、でも、一成さんには所詮ペット以上には見られないっていうか」

「ペットとしては見られてる自覚あるんだ？」

「いや、そういうわけではないんですけど。でも、はい、嫌われてはないと、思います」

自信がなく、語尾がゴニョゴニョとなってしまう。

だけど夏菜の言うとおり、ペットみたいに可愛いって思ってもらえているとしたら、今までの一成さんの私に対する態度が納得できる気がする。失敗しても鬼のように叱られないし、上手くできたことは褒めてもらえるし、朝はカフェでモーニングをご馳走になっているし……

贅沢にも可愛がってもらえていたのだと自覚すると、一成さんとのやり取りがいろいろと思い出されて、とたんに体の奥がカアアッと熱くなった。

まあそれでも、自信がないのは相変わらずなんだけど。

「二人とも不器用すぎるでしょ。なんか楽しくなってきちゃったなー」

ニマニマと笑いながら、時東さんはカクテルをお代わりする。

その楽しそうな表情は、恋心を抱かないこと、と忠告されたときとはまるで別人だ。

「あの、時東さんは……社内恋愛、反対じゃないんですか？」

「そうねぇ。歴代秘書たちみたいな、わきまえない恋愛は気に入らないわね」

「わきまえないってどういう……」

身に覚えがありすぎて思わず体が強張《こわば》る。

だけど歴代の秘書たちが一体どんなことをしてきたのかも、少し興味があった。

時東さんは姿勢を正すと、私の方へ真剣な眼差しを向ける。

「私はね、塚本屋のお茶が好きなのよ。いとこだからってコネで入社したわけじゃなくて、ちゃんと一般の試験を受けて入社したわ。仕事に誇りを持っているし、これからも会社に貢献したいと思ってる。同じような志を持っている人たちと働きたいのよ」

強い想いは言葉の端々から伝わってくる。

いつも真面目でてきぱきと仕事をこなす時東さん。私もこんな風になりたいと思えるとても尊敬できる先輩。

だからこそ、この言葉は重く私の心に刻まれた。

私も塚本屋のために精一杯働かなくては。社員とか派遣社員とか、そんなことでグジグジしている場合ではない。私だって立派に塚本屋で働いているのだから。

内心決意を新たにしていると、おもむろに時東さんはダンッとテーブルに拳《こぶし》をぶつけた。グラスが揺れ、そして大きなため息一つ。

「はあっ。それなのに一成くんったら、外面は良いくせに社員に対しては冷徹。あまりの厳しさに逃げ出す社員がいるのよ。かたや一成くんの容姿に騙されて恋しちゃって、仕事そっちのけで一成くんにアピールしまくり、それでいてフラれて辞める社員とか、もうありえないでしょ」

先ほどまでの知的で聡明で大人の色気だだ漏れな雰囲気はどこへやら、完全に愚痴吐きモードになっている。もしかして酔っぱらっているのかと疑うも、そんな感じでもなさそうだ。

「じゃあ……。仕事もできて一成さんにも気に入られる人なら、時東さんも認めるってことですか？」

「そりゃまあ、それが一番丸く収まるものね」

別に私が認めることではないけれど、と時東さんは鼻で笑った。

ふと、過《よぎ》ることがある。

冷徹だと言われる一成さんだけど、開発部の高田さんとは友好的に見えた。高田さんは見るからに仕事ができそうで自信にも満ち溢《あふ》れていて、あの社内発表会の場でも期待されているようだった。

知的美人な高田さん。一成さんからの信頼も厚いのかも……

だから、そういう人が一成さんにはお似合いで時東さんにも認められるのかな、なんて思ってしまった。

「あの、時東さんは高田さんって知っていますか？」

「高田さんって、開発部の高田美玲《みれい》さん？」

「そうです」

「高田さんかぁ。もしかしてなにか見ちゃった？」

思い当たる節があるのか、時東さんは険しい顔をする。

やはりなにかあるのだろうかと、胸がザワッとなる。

「見たというか、一成さんと親しいなと思って」

「あの子はね、ただの一成ファンだから気にすることないわ」

「ファン？」

「そう、ファンよ、ファン」

時東さんは手をパタパタと振って、なんでもないように言い捨てた。

だけどファンなんて言われて気にならない方がおかしい。ファンだったらそれは「好き」と同じ意味なのではと勘ぐってしまう。

グルグルと思考が回り出したが、時東さんにポンと肩を叩かれて現実に引き戻された。

「よし、そういうことなら協力しちゃう」

「協力？」

「そう、私に任せて」

時東さんは妖しくニンマリと笑うと、一人楽しげにカクテルを呷《あお》った。

◇

「――というわけで、副社長の出張に片山さんも同行してちょうだい」

一ミリの笑顔もなく、淡々と告げられた出張同行命令。仕事感バリバリのオーラで言われたら、昨日「私に任せて」とほくそ笑んでいた時東さんを思い出して、嫌な予感しかしない。けれど、断る選択肢は私にはない。

有無を言わせぬ威圧感。他の秘書たちの反感すら蹴散らしてしまいそうなほど、強い時東さんの命令。

「……承知致しました」

って言うしかないじゃない。その他の答えなんてある？　ないでしょう？　しかも、もう新幹線も手配済みと言われ、私に反論する余地は残ってなさそうだ。

いや、反論したいわけじゃないんだけど……ただ……

一成さんと出張。

二人きり。

新幹線。

やばっ、まるで旅行。いやいや、落ち着け私。だいたいこれは仕事なのだから、雑念は捨てねば。と平静を装って気を引き締めていたのだけど。

「失礼します」

スケジュール確認のために副社長室を訪れた私を、一成さんが自ら招き入れ、待ってましたとばかりに後ろ手に扉を閉めた。

「千咲」

「はい」

ジリジリと壁側に詰め寄られ、そのシチュエーションにふとあの日のことが思い出された。急に心臓がバックンバックンうるさく跳ねる。

お、おおおお、落ち着いて。き、今日はしないよね、キス。

なんて淫らな想像をしてしまって、慌てて頭を振って想像を掻《か》き消す。

なにを考えているのだ、私は。

「今度の出張、楽しみだな」

「えっ、あっ、はいっ。京都ですしね」

「時間ができたらどこか観光しよう」

「いいんですか？」

「いいだろう？　仕事さえ終わればフリータイムだ。ところで、出張同行は千咲からのたってのお願いだと聞いたのだが？」

「えっ？」

「違うのか？」

もしかしてこれも時東さんの企み……

そんなあからさまにアピールされると、私が一成さんを好きってバレてしまうんですけどっ。

時東さーん！　と叫びたいのを抑えつつ、しどろもどろになりながら必死に理由を捻り出す。

「あ、いや、えっと、すみません！　京都、行ってみたかったんです」

「そうか、じゃあさっさと仕事を終わらせないとな」

そんな取るに足らない粗末な言い訳にも、一成さんは疑うこともせず綺麗な笑みを浮かべる。

そのあまりの美しさに、ひゅっと息を飲んだ。

仕事中には見せない柔らかな表情。

これは私だけに見せてくれる顔だと思ってもいいのだろうか。

最近いろいろなことがありすぎて、自意識過剰になっているだけかもしれない。

一成さんに対してなにかを期待している自分がいるような気がして、気持ちがざわりと揺れた。

第五章　浅はかな独占欲

今回の出張は大規模食品イベントの視察と商談への参加だ。

一成さんは食品の研究を専攻していたことと開発部に所属していた縁もあって、先日の開発部の社内発表会に参加したり、今回のようなイベントにも積極的に顔を出すようにしているのだとか。

京都で行われる食品イベントには、営業部と開発部のメンバーが数人参加することになっている。全員で一緒に行くわけではなく現地集合だ。

とはいえ、私と一成さんは駅で待ち合わせて同じ新幹線に乗るのだけど。

仕事なのに妙にうきうきしてしまって、昨日はなかなか寝付けなかった。まるで遠足前の子供みたいだ。いくら心に落ち着けと言い聞かせても、落ち着いてくれない。

一成さんと一緒に出張。しかも京都。ああ、まさかこんな日が来ようとは夢にも思わなかった。

駅で待っていると、誰よりも麗しいオーラを纏《まと》った一成さんがこちらへ歩いてくる。今日の一成さんもビシッとスーツを着こなし、長い手足が惜しみなく強調されて神々しい美しさだ。通りすがりの人が思わず振り向くほど。

眼福とはまさにこのことだ。

「おはよう、早いな」

「おはようございます」

誰もが目を惹く一成さんは、なんの躊躇《ためら》いもなく私に挨拶をくれる。なんだか少しだけ誇らしい気分になって、頬が緩んだ。隣に並べるのが、嬉しくてたまらない。

今日は気合いを入れて、いつもよりメイクを少し大人っぽくしてみた。スーツも夏菜にコーディネートしてもらったもの。大人可愛いフェミニンな感じに心が躍る。

夏菜や時東さんに煽られたせいで、私の中の一成さんに対する気持ちも変わったのかもしれない。やっぱり好きな人には綺麗だと思われたいし、少しでも私に興味を持ってもらいたい。

ホームには新幹線が到着し、流線型の車体がより一層特別感を演出してくる。出張だというのに旅行に行く気分になってくる。

「新幹線なんて久しぶりに乗ります！」

「子供みたいなはしゃぎっぷりだな」

一成さんはククククと押し殺した笑いをする。

大人っぽく見られたい作戦は早々に敗北に終わった。やはり、メイクとスーツだけではダメみたいだ。内面が伴っていない。

気を取り直して今日の確認事項をおさらいだ。秘書として仕事は確実にこなさねばなるまい。

食品イベントでは視察と商談をする予定ではいるが、今回塚本屋のブースを取り仕切るのは営業部と開発部だ。

一成さんは重要な部分の顔出しと、他社への挨拶まわりをすることになっている。

「その間、私はどこで待機したらいいでしょうか」

「俺と一緒にいてもいいのだが、それだと挨拶ばかりでつまらないだろうからな。今回のイベントは一般参加もありだから、自由に回ってみたらどうだ。試食もできるし楽しいと思う」

「それだと、私はただ遊んでいるだけになってしまうような……」

「別にいいんじゃないか？」

「いや、だって皆さんお仕事しているのに、なんだか罪悪感があるというか」

「そうだな……。だったら、できるだけたくさんのブースを訪れて、たくさんのものを見聞きすること。あとで感想を俺に報告すること。これでどうだろう？」

「はいっ、わかりました」

「期待している」

一成さんは目元を少し緩ませると、私の頭を優しくポンと撫でた。男らしくて大きい手から伝わる一成さんの温かなぬくもり。

ときめきが一瞬のうちに体中を駆け巡り、俄然やる気が湧いた。

ほんと単純だな、私。

塚本屋のブースでは、営業部のメンバー二人と開発部のメンバー三人が、すでに準備に取り掛かっていた。

「お疲れ様」

「お疲れ様です」

声をかけると全員手を止めてこちらを見る。

「お疲れ様です。副社長、早かったですね」

「片山さんも、お疲れ様です」

朗らかに対応してくれるメンバーに、私はぺこりとお辞儀をする。

開発部のメンバーは、以前会議をお手伝いした際に顔だけは合わせたことがあるが、話をするのは初めてだ。ぼんやり立っているわけにはいかないので、緊張しながらも私は声をかけた。

「えっと、なにかお手伝いすることはありますか？」

「ありがとうございます。じゃあ、手前にパンフレットを並べたいのでお願いできますか。奥のダンボールに入っているので」

「わかりました」

指示された通り、奥に積まれたダンボールからパンフレットを探し出す。

この場でなにも役割がない私だけど、できることはやらなくては。

ごそごそとダンボールをあさっていると、ふと落ちる影に顔を上げる。

「あら、片山さんじゃない。なにしに来たの？」

照明が逆光のため、あまりよく表情は見えないけれど、その自信に満ち溢《あふ》れた声色はよく覚えている。スクエア型の眼鏡をかけた知的美人。

「……高田さんもいらしてたんですね」

「そうよ。私は開発部の期待のエースですもの、参加して当然よ。一成さんの期待に応えるわ」

「それは、すごいですね。頑張ってください」

「それにしても、ずいぶん図々しいのね。一成さんの秘書だからってこんなところまでついてきて。身のほどをわきまえた方がいいわよ。塚本屋の名に傷がつくわ」

「えっと、……すみません」

高田さんは今日も自信満々だ。堂々としていて私とはまるで違う。その勢いに気圧されて思わず謝ってしまったけど、謝るべきではなかった気がする。

でも高田さんの言うことも納得できてしまうのだ。

私はなんのためにここに来たのだろう。時東さんが気を利かせてくれたから来られただけであって、秘書としての役割はここでは求められていないのだ。

なんだかそのことを実感させられて、ずうんと気分が沈んでいく。

私はパンフレットを抱えると形ばかりの会釈をし、逃げるように横をすり抜けた。

準備もできた頃、開場の時間と同時に会場内の多くのお客さんたちでいっぱいになった。しばらくは塚本屋の様子を見ていたけれど、この場に私の仕事はやはりない。手帳を片手に人の流れにそっていろいろなブースを見学することにした。

たくさん情報を集めて一成さんに感想を報告するのだ。きっとこれは自分の勉強にもなるし、内容によっては塚本屋にも貢献できるはず。

よし、と気合いを入れ、気になるブースを手当たり次第に訪問した。話を聞いて興味があれば質問してメモを取り、パンフレットをもらったり、試食をしたりと、なかなかに充実した時間だ。

会場の熱気もすごく、気付けばもうお昼を過ぎた頃。

試食をしていたからかお腹は空いていないけれど、一成さんたちはどうなんだろう。もしお昼ご飯を食べていないなら、買い出しくらいお手伝いできるかもしれない。

そう思って一度、塚本屋のブースの様子を見に戻った。ちょうど人がはけたタイミングで、高田さんが一成さんへ楽しそうに話しかけているところだった。

「そろそろ交代で休憩ですね」

「高田は先に休憩に入れ」

「私はあとで大丈夫です。一成さんお先にどうぞ。あ、私、なにか買ってきましょうか？」

「高田ぁ～俺たちの分も頼む」

「え～、しょうがないですねぇ」

「え〜とはなんだ、え〜とは！」

　他の社員さんにどやされながらも楽しそうにお喋りをする高田さん。いつも私に向けられる、敵対心のようなものはそこにはない。そんな和気あいあいとした輪に、とてもじゃないけど私は入れそうになかった。

　誰にも声をかけることなく、そっとその場を立ち去る。

　私は一体なにをしにここに来たのだろう。ほんの少しブース設営のお手伝いをしただけ。せっかく時東さんが気を利かせて、一成さんの出張に同行させてくれたというのに。

　こんなことなら一成さんの挨拶まわりについていけばよかっただろうか。創業パーティーのときみたいに、一成さんの婚約者として紹介してもらって、一成さんから微笑んでもらえたら……と考えて慌てて頭を振る。

（こんなこと考えるなんて、これじゃ私も歴代の秘書たちと一緒になっちゃう）

　自分を戒めつつも、一度わき起こった胸のもやもやは水たまりに墨汁を落としたように、じわじわと心の奥へ広がっていく。

　一成さんと高田さんは、どんな関係なのだろう。昔からの知り合い？　二人が言葉を交わすだけで、仲が良さそうに見えてしまう。

　高田さんは仕事として来ていて自分の役割を果たしているのに、私はまるで観光だ。そう、いわば一成さんについてきただけ。秘書としての仕事は、今日はなにももらっていない。スケジュール管理もいらないと言われている。

こんなに情けないことはない。

仕事は仕事として割り切る。公私混同しない。私は歴代の秘書とは違う。恋愛に振り回されることなく、秘書という仕事を全うするのだ。

そうやって決意したたし、そのつもりでここにも来たはずなんだけど。

まさかこんなにも自分の心が弱いなんて。

「はぁ～、まいったなぁ」

これでは出張同行を提案してくれた時東さんに、顔向けできない。

仕事の面でも恋愛の面でも、なにも上手くいっていない。

やさぐれた心をリセットするべく、私は手帳片手にもう一度ブース巡りを始めた。

これが今日の私の仕事なのだからと、何度も自分に言い聞かせながら――


会場は企業向けブースと一般大衆向けブースが混在していて、思ったよりも多くの人が訪れていた。てっきりメインは企業向けなのだと思っていたので若干緊張していたけれど、どうやらそうではないらしい。

食品イベントってこんなにも人が集まるものなんだと感心する。試食を目的に訪れている人もいるようだった。

ふと、出入口付近にいる女性が目に入る。足取りがフラフラとしている気がして妙に気になった。不思議に思って近付いてみると、青白い顔をして壁に向かって手をさまよわせている。手を突こうとしているのかな、と心配になった瞬間、彼女はそのままずるずると床に座り込んでしまった。

「っ！　大丈夫ですか？」

慌てて駆け寄り声をかける。

近寄ったことでわかる彼女の呼吸。思ったよりとても荒く、一気に緊張が走った。

「苦し……」

「え、ど、どうしようっ、きゅ、救急車を」

「……吐き……そう」

「あわわ、えっと、立てますか？」

少しでも風通しのいいところにと思って、彼女を支えてそのまま外に出る。

ぴゅうっと吹き抜ける風が、会場の熱気から離れたことを証明しているように、空気の流れを感じさせてくれた。

青白い顔の彼女は苦しそうに口元を押さえる。もしかしたら一刻を争うかもしれない。医務室なんて悠長なことは言っていられない。

「今救急車を呼びますので」

様子を窺《うかが》いながら救急車を要請するが、こんなことは初めてで、携帯電話を持つ手が震えてしまう。

「……アレルギー」

ふいにボソリと彼女が言葉を発した。

酷く掠《かす》れた声で聞き取りづらい。

「アレルギーですか？　なにか食べちゃったのかな？」

「……りん……ご」

彼女は苦しそうにしながらも、私が持っていたパンフレットを指差す。そこにはフルーツのバームクーヘンのお店が載っていた。私も少し前に訪れたことがある。何種類かのバームクーヘンが試食として出されていて、とても美味しかった記憶。

とにもかくにも、彼女の体調の悪さはアレルギーかもしれないことを告げ、救急車が到着するまでの間、彼女を支え背を擦《さす》った。

アレルギー症状が出たときの対処法はなにもわからず、無知な自分が恥ずかしい。水を飲ませていいものかどうなのかすらわからないし、かといってこの場を離れることもできない。とにかく彼女を励まし、救急隊員に引き渡すことが今の使命だと考えた。

次第に私たちに気付いた人が一人二人と声をかけてくれ、一緒に彼女を介抱する。

心配と緊張が高まる中、ふいに遠くからサイレンの音が聞こえて私は顔を上げる。

「救急車来ましたよ！」

励ますように彼女に呼び掛けると急に「うっ」と呻《うめ》き、張り詰めていた緊張の糸が切れたように
そのまま私の膝の上に嘔吐した。
「っ！」
まさかの出来事に驚きつつも、とにかく今は彼女が助かる方が先。
……ま、まあ、いろいろと思うところはあるけども、そんなことを言っている場合ではない。
無事に救急隊員に引き渡し、私は汚れた服をハンカチで拭き取る。肩の荷が下りてほうっと息を
吐いたのも束の間——
「付き添いの方、一緒に乗ってもらえますか」
「は、はい」
そう言われて思わず返事をしてしまった。
別に私は彼女の知り合いでもなんでもない。だから乗る必要もなかったのに。彼女とは年格好が
似ていて、救急隊員には友達だと見られたのかもしれない。
冷静に考えれば断れるってわかること。だけど気が動転していたこともあり、流れに任せて私は
救急車に乗り込んだ。
救急車内では自分が把握していることを救急隊員に伝えるが、彼女の名前すらも知らないので私
は役に立たない。おまけに服は汚れてしまって、見るも無惨な姿だ。
救急隊員が彼女に「もうすぐ病院ですよ」と声をかける。

私も何か声をかけた方がいいのかしらと思いつつも、なにもできずにそのまま病院に到着した。

すぐに彼女は処置室に運ばれ、私は隣の待合室で待機するよう命じられた。

ため息を吐きたくなるのを必死に堪《こら》える。彼女が処置をされている間、私は一人むなしく服の汚れを落とした。アコーディオンカーテンを隔てて漏れ聞こえるスタッフさんの声から、どうやら重症ではなさそうな雰囲気を感じ取り、私の緊張の糸もしゅるしゅるとほどけていくようだった。

結局、迅速な処置をされて回復した彼女が自ら事情を説明するという、私にとってはなんとも情けない結果になったけれど、それでも大事に至らなくてよかったと胸を撫で下ろす。彼女の元気な姿を確認できてよかった。それだけでもついてきた甲斐があるというものだ。

私は立ち上がる。まずは服を新調して、それから会場へ戻らなくては。

と、「すみません」と呼ばれて振り向く。

彼女が慌てて私を呼び止めた声だった。

「あの、あの、本当にご迷惑をおかけしました。助けていただいてありがとうございます」

「いえいえ、無事で良かったです。安心しました」

「服、汚しちゃって……」

「……気にしないでください」

では、と頭を下げて去ろうとするのだが、なおも彼女は私を引き留める。

「これから親が迎えに来ます。その際着替えの服も持ってきますので、もうしばらく待っていただけませんか」

「いや、そんな……」

「お詫びさせてください」

「えっと、あの……」

彼女の迫力に負けて、私は再び待合室の長椅子に腰を下ろした。

服は着替えたいと思っていたし、持って来てくれるというならそれに越したことはない。少なくともこの姿で買い物をするよりはマシなのかもしれなかった。

外来の終わっている待合室はしんと静まり返っている。時折通る病院関係者や訪問者の靴音が、やけに大きく聞こえた。

彼女と二人、無言で座っているのも落ち着かずチラチラと横目で見てしまう。くりっとした大きな目は愛らしく、肩まで伸びた髪は明るいブラウン色でよく似合っている。つい先ほどまでアレルギーで苦しんでいたとはとても思えないほどに頬の血色もいい。

ふと視線が合い、お互いにぎこちなく口を開いた。

「あ、えっと、もう、大丈夫なんですか？」

「はい、とりあえずは。まだ湿疹とかは出てるんですけど」

「……大変ですね」

「自分がアレルギーを持っていることはわかっていたんですけど……」

申し訳なさそうに俯《うつむ》いてしまうので、居たたまれない気持ちになってくる。

彼女の後悔の念が伝わってくるようで、責める気持ちにはならなかった。

「今日は彼氏と来てたんです」

「えっ、はい……そうなんですか⁉」

それならば、彼氏はどこへ行ったんだろう。彼女がアレルギーで大変だったというのに。今だって連絡一つないように見える。救急車で運ばれたことを知らなくて捜している、とか？

「彼氏さんに連絡したんですか？」

素朴な疑問をぶつけると、彼女は力なく首を横に振った。

「私のこと心配してると思います？」

「……心配してるんじゃないですか？」

と言ってみたものの、心配しているなら彼氏の方から連絡があっても良さそうだ。

「アレルギーのこと、彼氏にもちゃんと話してあったんです。だけど大丈夫だって無理やり食べさせられて、それでいざアレルギー反応が出たら逃げたんですよ」

「えっ！　それはいくらなんでも酷くないですか？」

「酷いですよね。でも彼氏の言いなりだった自分も悪くて……本当に、最悪です」

彼女の瞳が弧を描き、ぽろりと涙がこぼれた。後悔と自責の念が伝わってきて、胸が痛くなる。

「最悪……ですね。でもなにか、気持ちがわかる気がします。好きな人に言われたら、従ってしまう気持ち……」

「わかります？」

「わかりますよ。私も似たようなタイプです。まあ、さすがにアレルギーのことは配慮に欠けると思いますけどね」

彼女の行動はとても浅はかだとは思った。けれど、自分にも身に覚えがある。状況は違うけれど従ってしまったこと。

私も一成さんになにか言われたらホイホイと従ってしまいそう。それは一成さんを好きだから。好きだという感情に冷静になって抗えないから。だから、後先考えずに一成さんの婚約者役を引き受けてしまったのだ。

内容は違えど、彼女に通ずるものがある。

「でも私、今回のことで目が覚めました。自分の意思ははっきりと示さないと。彼氏の言いなりじゃダメなんですよね」

「どうするんですか？」

「もう別れます。よく考えたら前々から強引なところとかあって、その度にケンカして、でもしょうがないなって許してきた自分がいるんですけど……本当に好きだったのかなって、今ならちょっと冷静に見ることができる気がする……」

まだ迷いがあるように見えるけれど、いろいろと考えを巡らせているのだろう。

彼女はにっこりと微笑んだ。そこに涙はもうない。そんな彼女はなんだかとても人間味に溢《あふ》れていて安心する。

そんな言い方はおかしなことかもしれないけれど、人はみんななにかに悩んだり考えたり、そうやって前に進んで行くんだろうな。

私も仕事のこと、一成さんのこと、高田さんのこと。悩みは尽きないけれど、少しずつでも前に進んでいけるといいと思う。

しばらくするとようやく彼女のご両親が到着し、私はとにかく謝り倒された。着替えも持ってきてくれたので、遠慮なく着替えさせてもらう。

「本当にありがとうございました。服は弁償しますので」

「助かったので良かったです。この服をお借りできたので弁償はいいです。クリーニングしてお返しするので、連絡先教えていただけますか」

と、スマホを取り出したところで、一成さんからの着信が鬼のように入っていることに気付いて一気に血の気が引いた。

やばい。

私ったらすっかり忘れていた。

一成さんに連絡することを。

秘書として、いや、社会人として報連相がまったくできていなかった。

◇

お昼時もすっかり過ぎ去り挨拶まわりも落ち着いてきた頃、一成はようやく一息ついた。

塚本屋のブースは大盛況で、開発部と営業部の面々がせわしなく働いている。皆が一丸となり生き生きと働く姿を見ていると、副社長としてとても誇らしい気持ちになる。

千咲も楽しんでいるだろうか、そう考えて、彼女とは朝別れたきり姿を見ていないことに気付いた。

なにか手伝うことはないかと自分から働きかけ、ブース設置に携わっていた。その甲斐甲斐しさは実に千咲らしいと感じる。

一成自身は塚本屋のブースにいることもあったし、挨拶まわりをするためしばらく離れることもあった。自分がいない間に戻ったりしただろうか、そう思って彼らに尋ねてみたが、千咲が戻ったのを見た者は誰一人いなかった。

「片山さん、楽しんでいるんですかね？」

「はあ？　あの子、なにしに来たわけ？」

高田がイラついたように吐き捨てる。まあまあいいじゃないかと窘《たしな》められるも、高田は納得がいかず不機嫌になる。

けれど一成は、千咲が時間も忘れて楽しんでいるとは到底思えなかった。

千咲に電話をかけてみるが、何度かけても留守番電話に繋がってしまう。メッセージを送ってみても一向に既読にならない。

「連絡も寄越さないなんて、どうかしてますよ。これだから一成さんの秘書は……」

「高田」

思わぬ鋭い声に高田は口をつぐむ。

ただ名字を呼ばれただけなのに、まるで叱られているかのような威圧感が高田の身を強張《こわば》らせた。

「お前になにがわかる」

その一言はとても重く、一成が千咲を信頼していることを容易に想像させた。

他の誰でもない、一成が発することで全てが納得できるような、そんな雰囲気が流れる。

「捜してくる」

短く告げ会場へ消えていく一成の背を見送りながら、高田は唇を噛んだ。

あんな子のなにが良いというのだ。

コロコロと代わる一成の秘書は社内でも話題の種となる。

高田美玲《みれい》は入社して四年。たった四年の間に何人秘書が代わっただろう。彼女たちは一体なにをしに塚本屋へ入社したのだ。

自分の仕事に誇りを持っている高田にとって、一成の秘書になる者は異端児に映った。

どうせ今回も同じなのだろう、そう信じて疑わなかったというのに。

一成からの牽制は思った以上に高田にショックを与えていた。

「……私も捜してきます」

「わかった。俺たちはここで連絡係になるから」

まだ千咲を信用できない高田だったが、一成の態度から自分が千咲に抱いている感情は、もしかしたら適切なものではないのかもしれないと思い始めていた。

もやもやした気持ちのまま、高田は一成とは逆の方向へ足を向けた。


『塚本屋の片山千咲様、お伝えしたいことがございますので至急案内所までお越しください――』

ざわざわとした会場内に放送が流れる。多くの客はあまり放送を気にしていない様子で、イベントを楽しんでいる。

数回放送を流してもらったがそれでも千咲は現れず、一成の苛立ちは募った。

千咲の身になにかが起こったのだろうか。

連絡も取ることができないほど重要ななにかが。

こんなことなら自分の側に置いておくんだった。片時も離れないように、視界に映る位置に彼女を捕えておくべきだったのだ。

悔やみながらもどれだけ独占欲が強いのかと我ながら呆れてしまう。秘書としていつも一成の側にいるからと、どこか安心していたのも事実。

千咲は自分のものだ、といいように扱って——

ふと、一成の脳裏に茜の言葉がよみがえる。

『一成くんは片山さんを気に入ってるのかもしれないけど、片山さんはどう思っているのかしらね？　特別だと思うならもっと大切にするべきよ』

（俺は千咲を大切にしていなかったのか？）

自問自答するが、答えは否だ。

むしろ、大切にしすぎて大事なことは何一つ千咲に伝えていなかった。自分の側にいるのが当たり前になって、その状況に甘えていたと言わざるを得ない。まさか、千咲の行方がわからなくなって、こんなにも動揺するなんて想像もしていなかった。

それは、一成がどれだけ千咲を想っているのかということを実感するには、十分すぎるほどの出来事だった。

耐えきれず、一成は深く息を吐き出す。

なにも進展がないまま時間だけが刻々と過ぎていき、焦りと苛立ちが殊更大きくなった。そんなとき、「一成さんこれ」と高田が走って戻ってくる。

「どうした？」

「この手帳、片山さんのじゃないですか？」

高田が持ってきた手帳はいつも仕事中に千咲が携帯している薄ピンク色の表紙のもので、ご丁寧にも『片山』と記名があった。中をパラパラと捲《めく》ってみれば、見慣れた千咲の小さくて丁寧な字体が目に飛び込んでくる。

「これはどこに……」

「会場の出入口付近にパンフレットと一緒に置いてありました」

「副社長、これだけ捜してもいないし電話も通じないんですから、警察に通報した方がいいんじゃないですか？」

「もしかして誘拐かもしれない」

「いや、大人が誘拐されるか？」

「だって片山さん可愛いし」

社員が口々に意見を言う中、一成は頭で考えを巡らせる。

千咲は真面目な性格をしている。

楽しんでこいとは言ったが、行方を眩ますほど羽目を外すことは考えにくい。

手帳を見るからに、たくさんのブースを訪れて感じたことを書き留めている様子から、一成の言いつけを忠実に守っていたことが窺《うかが》えた。

それなのに、なぜ。

「……警察に」

通報しようとスマホを取り出したときだった。着信を知らせるバイブレーションが震え出し、その表示名を見て一成は目を見開く。

映し出された表示名は待ち望んでいた相手——千咲だ。

すぐにタップしてスマホを耳に当てると、彼女の声が聞こえるより先に一成は叫んでいた。

「千咲、どこにいるんだ？」

一成の声を聞いて社員たちがより一層緊迫した表情になる。

ドクン、ドクン、と心臓が嫌な音を立てながらも、早く千咲の声が聞きたいと気持ちがはやった。

『……ごめんなさい、今、病院にいます』

「病院？　どこだ？」

待ちわびていた千咲の声が耳に届くと、安堵のためか全身から一気に力が抜けていくようだ。だが『病院』と言う単語に再び焦りを覚えて耳に神経を集中させる。短いやり取りの中で千咲の状態を探るが、千咲はごめんなさいと大丈夫を繰り返すばかりだ。

千咲の身になにかあったのではとそればかりが気になって、あとは任せたと高田たちに短く伝えると、一成は会場を飛び出した。

◇

慌てて一成さんに連絡をしたけれど、病院名を告げるとすぐに電話は切れてしまった。まったく連絡をしなかったことを怒っているのかもしれない。仕事中の出来事なのだから、本当ならすぐに上司に報告するというのが鉄則だ。

しかも一成さん自らここに来るという。別に怪我をしたわけでもないのに上司を呼び寄せてしまうとは、情けないにもほどがある。

「はぁ〜」

自分の間抜けさに思わずため息が漏れた。

ガックリと肩を落とすと、借りた服が目に入る。せっかく用意してもらった服に文句を言うつもりはないけれど、微妙な感情になるのはやはり上下ともにシンプルなスウェット姿だからだろうか。

「あの、本当にすみません。お時間取らせちゃって」

「あっ、いえいえ、上司が迎えに来てくれることになりましたので大丈夫です。お構いなく……」

「優しい方なんですね」

「え？」

「あ、あなたもなんですけど、その、上司の方も」

「はい、優しいです。でも、私がすぐに連絡を入れなかったから、怒っているかもしれません」

「それだったらちゃんと私が説明しますので……」

本当に、一成さんは優しい。

たくさんの着信履歴からもわかる一成さんの細やかさ。決して口数は多くないけれど、いつも他人のことを思い遣っていることを私は知っている。いつも考えてくれている。

本当に、本当に、一成さんは優しいのだ。


どれくらいの時間が経っただろう。

ふいに自動ドアが開き、カツカツという靴音が響いた。

聞き覚えのある規則的な足音にはっと顔を上げる。

「一成さん！」

キョロキョロと視線を彷徨わせた一成さんは私の声に気付き、すぐにこちらに駆け寄ってきた。

「一成さ……うぐっ」

同じく駆け寄った私だったけど、この状況を理解するのに一時を要した。

一成さんの大きな胸が眼前に広がる。抵抗するということを忘れた私はされるがまま、強く引き寄せられ、抱きしめられていることにようやく気付く有り様だ。

背後から息を殺したキャアアーという彼女らしき黄色い声も耳を掠《かす》める。

「あわわわわっ」

我に返った私が変な悲鳴を上げて一成さんの胸を押し返すも、ますます強く抱きしめられて逃げることができない。

「い、一成さん？」

呼び掛けると、一呼吸おいて小さく言葉が紡がれた。

「……心配した」

その声は酷く震えていて、普段のクールな一成さんからは想像もつかない。

とんでもなく心配させてしまったのだとひしひしと感じて胸が締め付けられた。

「……ごめんなさい」

「よかった、無事で」

「連絡が遅れてすみませんでした」

謝るとようやく腕が緩まる。

一歩距離をおくと一成さんと視線が絡まり、今になってドキドキと心臓が騒ぎ出した。

（だ、抱きしめられてしまった……）

そのことを実感するとみるみる体温が上がって頬が熱くなる。

それなのに一成さんは、さっきの声の震えが嘘だったかのようにしゃんとして、いつものクールな一成さんに戻っていた。

「まったくだ。迷子になったのかと思って館内放送をかけたし、誘拐されたのかと思って警察に通報するところだった」

「えっ！　それはさすがに過保護ですよ。ていうか、館内放送？」

よくある迷子のお知らせを想像してしまい、自分の名前が放送されたのだと想像すると恥ずかしさが込み上げてくる。叱られているのに恥ずかしい。複雑な気分だ。

「どこか怪我をしたのか？」

「いえ、私はなにも。あの、それよりすみません。ここまで来ていただいて」

「ああ、そんなこと……」

「あのぉ、ちょっとすみません」

おずおずと、私の背後から申し訳なさそうな声が聞こえる。

そうだった。彼女とそのご両親が、一成さんが来るのを一緒に待ってくれていたのだった。それなのにそのことを忘れて、私たちは一体なにを見せてしまったのだ。

一成さんに抱きしめられた、その感覚がよみがえるとともに再び羞恥心が湧き上がってくる。あわわと焦っていると、話の腰を折られたとばかりに一成さんが眉間にしわを寄せた。

「うちの娘がご迷惑をおかけしまして。アレルギーで倒れたところを助けていただいたんです」

「そうなんです、ご親切に救急車で付き添ってもらいました」

一成さんはチラリと私を見るので、慌てて首肯する。

会場でたまたま居合わせたこと、声をかけたこと、救急車に乗ったこと、服が汚れて着替えたことをかいつまんで簡潔に説明すると、一成さんはすぐに理解をしてくれたようだ。

「そうでしたか。娘さんがご無事でなによりでした。では行こうか」

「お大事になさってくださいね。服は洗ってお返ししますので」

「ええ、お気になさらず」

お互いに深々とお辞儀をし、私たちは先に病院をあとにした。


外はだいぶ日が落ちて、夕方に差し掛かっている。

時折吹く風が街路樹の葉を揺らし、そのさざめきが耳に心地良く届く。

タクシーに乗りしばらくすると、一成さんがまじまじと私を見てぼそりと呟いた。

「千咲、さすがにダサいな、その服は。いや、ダサいと言うと語弊があるな。それはそれで似合っていて可愛いと思うが、外を出歩く服ではないな」

「……言わないでください。私も我慢しているんです」

借りたスウェットは見方によってはパジャマのようにも見える。汚れた服を着続けているよりはマシ、といったところだろうか。

一成さんにもダサいと思われていることに軽くショックを受けるが、同時に『可愛い』と言ってもらえたことで幾分か気持ちは楽になる。我ながら単純で困る。

「皆も捜してくれていた。連絡はしたが、顔を見せてやれ」

「そうだったんですね。申し訳ないです」

「結果、千咲が無事だったんだ。なにも問題ない」

目元を軽く緩ませながらポンと頭を撫でられる。

その優しい視線と手つきは、私から語彙を簡単に奪う。

素直にコクリと頷くしかできない私に、「いい子だ」と一成さんはまた微笑み、私の心臓はドックンと悲鳴を上げた。

本当に、私ったら単純だ。


会場に戻るとイベントは終了しており、各企業の関係者たちがせわしなく片付けをしているところだった。

塚本屋のブースに顔を出せば、皆がわっと集まる。

「片山さん、心配したよ！　無事で良かった」

「ご心配をおかけして申し訳ありませんでした」

「でもまさか人助けしていたなんて思わなかったな」

「前から片山さんは気が利く人だって噂されていたけど、さすがだね」

「えっ？　そんな噂が？」

「副社長の秘書なのに、お高くとまらず働き者だってよく聞くよ」

そんな評価は初めて聞いた。いつだって噂されるのは「ペットみたい」だとか「いつ辞めるんだろう」とか、そんな嘲《あざけ》りばかり。

過去の秘書たちはどんな様子だったのだろうと、いまだに気になって仕方がない。

だけど、私の知らないところでそんな前向きな評価もしてくれていたなんて。

妙にくすぐったく感じるのはなぜなのだろう。

「片山さん、これ」

「高田さん」

仏頂面の高田さんが手帳を差し出す。パンフレットがパンパンに挟み込まれた私の手帳だ。思い起こせばアレルギーの彼女を支える際に邪魔になるからと地面に置いた記憶。

「見直したわ」

「え？」

「このレポート、あなたが書いたんでしょう？　出入口に落ちてた」

まさか高田さんが拾っておいてくれるなんて。

私はパラパラと手帳を捲《めく》る。今日回ったブースの感想をびっしり書き込んでいる、紛れもなく私の手帳。

「塚本屋のこと真剣に考えているのね」

「え、ええ、それはもちろん」

ふんっとそっぽを向く高田さん。

その態度がなんだか今まで知っている高田さんと違う気がして私は小さく首をかしげた。

そんな様子を見て、同じ開発部の社員さんが耐えきれないといった感じで笑い出す。

「こいつ塚本屋の熱狂的ファンでさ、塚本屋を盛り立てたいって熱い熱い。それなのに副社長の秘書はすぐに交代するもんだから目の敵にしてて～、ククク ッ」

「だってあんなに仕事に不真面目な人たち、塚本屋にいらないですよ」

「お前が真面目すぎなだけだろ」

先輩にからかわれ、ほのかに高田さんの頬が染まる。

なんだかとても新鮮なものを見ている気がして、まじまじと凝視してしまった。するとその視線に気付いた高田さんがキッと私を睨む。

「とにかく、あなたが副社長の秘書であること、認めるわ。今回の人助けで塚本屋の株も上げてくれたしね」

「えっと、……ありがとうございます」

偉そ～とまた笑われる高田さん。

偉そうでもなんでも、認められることは素直に嬉しいと感じる。

「その、高田さんは一成さんのことが好きだから、私のことをライバル視されているのかと思っていました」

「はあ？　違うわよ。一成さんのことは好きだけどそういう好きじゃないし」

「そうそう、塚本屋のこと好きすぎて副社長のこと神格化してるだけ。気にすることないよ」

「先輩！　べらべら喋りすぎです！」

またもやからかわれて頬を染める高田さんが、なんだか可愛らしく見えてきた。

あんなにあった苦手意識が少し薄れるような、そんな印象。

思わず微笑むと、一成さんと目が合う。

温かい目をした一成さんは、一歩引いて社員さんたちを見守っていた。

「ところで、なんでスウェットなの？」

私の服装をまじまじと見ながら、訝《いぶか》しげに高田さんが指摘する。

「えっと、助けた人が私にリバースしまして。いただいた着替えがこれだったので。まあ、仕方なくといいますか……」

「さすがにダサいでしょ」

「……ですよね」

「まったく、仕方ないわね」

高田さんは自分のショルダーバッグを肩に掛けると、「背格好は私と同じくらいよね」と呟き、

「着替え買ってきてあげるから、ここ片付けておいてちょうだい」

と命令し、颯爽と駆けていってしまった。

呆気に取られてポカンとしていると、開発部の社員さんたちがまたクスクスと笑い出す。

「あいつ、あんな態度だから敵を作りやすいんだけど、根は良い奴なんだ。まあ、理解するには時

間がかかると思うけど、仲良くしてやって」

「は、はあ」

曖昧な返事でやり過ごしていると、ポンと肩を叩かれる。

「一成さん」

「よくこんなに調べたな。イベントはどうだった？」

「はい、とても勉強になったし、試食がとても美味しかったです！　試食しすぎて、お昼ご飯なくても平気でした」

「千咲は花より団子タイプか？」

「えっ、いやっ、ちゃんと感想は書いたし、パンフレットもたくさんもらって……」

慌てて自分をフォローするも、一成さんはクッと笑ったあとに「冗談だ」と言って今度は柔らかく笑う。

そして他の社員さんには聞こえないような小さな声で囁く。

「夕食はなにか美味しいものでも食べに行こう。せっかく京都まで来たんだから」

「はいっ！」

力いっぱい返事をすると、一成さんはまたクッと笑った。

普段クールでポーカーフェイスな一成さんの表情が崩れるのが嬉しくて、私はますます笑顔になった。

第六章　ペットになりたい

高田さんが見繕ってくれたアンクル丈パンツにカットソーのおかげで、私は上下スウェット姿からずいぶんと見違えるようになった。

これなら一成さんの横に並んでも見劣りしな……いや、元が違うのでやっぱりちょっと遠慮してしまうかも。

だけど一成さんは「千咲はなにを着ても似合う」と甘い言葉を放ったので、その不意打ちに言葉を失った。

お世辞だとしてもそんなことを言われて、嬉しくないわけがない。

勝手ににやけてしまう頬をごまかしながら、一成さんの横に並んで京都の街を歩いた。

もうすっかり辺りは薄暗くなってきている。

「日帰りの予定だったが、泊まりでいいか？」

「泊まり、ですか？」

ドキンと心臓が変な音を立てた。

一成さんとお泊まり。

お泊まり……！

考えただけでドキドキと鼓動が速くなってしまう。

別になにかがあるわけではないのに、なにかを期待してしまう私もいて。

そんなことを考えてしまうなんて、私ったらなんて不埒《ふらち》なのだろう。

「東京行きの新幹線は二十一時半が最終だからな。これから夕食をとって京都駅まで戻ることを思うとあまり時間がない。だったら今日は泊まって、明日ゆっくり観光してから帰る方が有意義だろう？」

「いいんですか、そんなことして」

「別に、泊まることに対して出張費を精算するわけじゃないから問題ない。心配しなくとも大丈夫だ」

心配はそういうことだけではないのだけど。

返答に困っていると、「無理強いはしないが」と様子を窺《うかが》うように見つめられる。

無理とかそんなんじゃなくて、一成さんと少しでも長く一緒にいたい。

お泊まりなんて夢のようじゃないか。

緊張とか遠慮とか、そんなことを気にしてチャンスを棒に振ってしまっては後悔するに違いない。

「じゃあ、あの、親に電話します。実家暮らしなので」

「そうか」

私は一成さんにくるりと背を向けて母に電話をかける。

特別厳しい家ではないけれど、泊まりとなればなにかしら文句は言われるだろうと予想された。

もう二十歳を超えているのに、なにかと過干渉なのだ。お姉ちゃんが結婚して出て行った今、その矛先は私だけに向いている。

「もしもし、お母さん？　……うん、今まだ京都なんだけど。最終の新幹線に間に合いそうにないから、一泊してから帰るね」

『そんなに大変な仕事なの？　だから派遣なんてやめなさいっていったのよ』

「派遣とか関係ないから。これも仕事なんだから仕方がないでしょう？」

『本当に仕事なんでしょうねぇ？』

なにをするにしてもまず疑ってかかる母との会話は、思わずため息を吐きたくなるほど。なんだか怒られている気分になってついこちらも強い口調になってしまう。

「だからっ、あっ！」

これでもかと反論しようとした瞬間、すっとスマホが抜き取られて慌ててその行方を追う。

「お電話代わりました。私、株式会社塚本屋の副社長をしております、塚本一成と申します。……はい、いつもお世話になっております。本日は千咲さんを急きょ泊させることになってしまい申し訳ございません。千咲さんの働きぶりで大盛況でして、また明日もお願いしますと他企業からもオファーが絶えないんです。……ええ、本当に優秀な方だと思います。こちらとしても千咲さんには期待しているんです。ですので、大事な娘さんだとは思いますが、私が責任を持ってお預かりしますので。……はい、大丈夫ですよ。また、改めてご挨拶に伺わせていただきます。では失礼します」

思い切り営業時の柔らかい口調で電話応対した一成さんは、何事もなかったかのようにしれっとスマホを差し出した。

スマホの画面は真っ黒で、すでに通話は切れているようだ。

「い、一成さん？」

「まあちょっと誇張したけど、お母さんも納得してくれたみたいだから心置きなく一泊できるな」

「嫌味なこと言われませんでしたか？」

「いや？　千咲をお願いしますって。とても大切に育てられてるんだなと思ったよ」

「……そうでしょうか」

「親は近くにいるとうざったく感じるかもしれないが、離れて初めてわかるありがたさもある。それにいろいろと言ってくるのは心配の裏返しだ」

一成さんが言うならそうなのかもしれない、と納得しかけたけれど、「だが」と付け加えられる。

「千咲と泊まるためにはどんな理由も作ってみせるよ」

といたずらっぽく笑うので、私はぐっと息を飲んだ。

そんな風に私を喜ばせるなんて一成さんは罪な男だ。

ときめきすぎて胸が張り裂けそうだ。

八坂《やさか》の街並みを散策しながら連れられて入ったのは、数寄屋風の造りで京都の趣が感じられる落ち着いた料亭だ。入口の引き戸が小さくカラララと耳に心地良く響き、食欲を刺激する揚げ物の香りがほのかに漂う。

カウンターに案内されると、ライトアップされたお庭が情緒を感じさせる、なんとも落ち着いた空間が広がっていた。

「素敵なお店ですね」

「以前仕事で訪れたことがあってとても美味しかったから、千咲にも食べてもらいたいと思った。だけど急だったからな、個室は取れなかった」

「このカウンターの席で十分嬉しいです、ありがとうございます」

一成さんが気を利かせて直前に予約をしてくれたためコース料理が運ばれてくるのだけど、目の前に立て掛けられたメニュー表をついつい手にしてしまう。

塚本屋のカフェでメニュー表を見るべく、そんな軽い気持ちで開いたわけなのだが……

——夜のコース料理　一万五千円——

かなりの金額に一瞬時が止まった。

よくよく見ればそれが一番低い金額であり、上を見ればキリがないほど。

「どうかしたか？」

「い、一成さん、私……」

「嫌いな食べ物でもあったのか？」

「いえ、お財布事情が……」

お財布にいくら入っていただろうか。

いざとなったらクレジットカードでも大丈夫だろうか。

血の気が引く思いで一成さんを見遣《みや》るが、一成さんは涼しい顔をしている。

「食事代も宿泊代も全て俺が払うから、千咲はなにも気にしなくていい」

「いや、そんなわけには……」

「千咲が喜ぶ顔が見たい」

ダメか？　と柔らかく微笑まれて、私はもう帰ってこられないところまで落ちた。

一成さんの魅力が大きすぎて直視できない。


コースは先付《さきづけ》から始まり、お造りや京野菜の天ぷらが上品なお皿に盛り付けられ、味はもちろんのこと視覚でも楽しませてくれる。

一口食べる度に思わず「美味しい」と言葉がこぼれるほど、体中に満足感が染み渡っていった。

「それにしてもさすが千咲だな」

「なにがですか？」

「人のためになにかをすることは、誰でもできることじゃない」

デザートであるフルーツの盛り合わせまで、機嫌よく堪能していることを指摘されたのかと思ったら、そうではなかった。

改めて今日の出来事を振り返る。

「いや、さすがに倒れそうな人を見たら誰でも助けますって」

「千咲はそういうことは当たり前だと思っているのだろうが、世の中そんな人ばかりじゃないからな」

「そうでしょうか」

「ああ。千咲は昔から変わっていないなと思ったよ」

一成さんの言っている意味がよくわからなくて首を傾げる。

「夏菜を助けてくれたのも千咲だろう？」

「夏菜？」

一成さんの妹であり私の親友である夏菜。夏菜に助けられたことはたくさんあるけれど、私が夏菜を助けたことなんてなにも思い当たる節がない。むしろ今でも夏菜に助けてもらっていることばかりだというのに。

「あいつ気が強いから高校で浮いていたんだろ。それに塚本屋の令嬢だってことで変な奴が近付いていた。だけど千咲だけは普通に話しかけてくれたって喜んでいたよ」

「えっ、そんなの初耳です」

「そんな話を聞いていたから、千咲が初めて家に来たときはどんな子かなって観察していたな」

「ええっ、そうだったんですか。やだ、恥ずかしい」

初めて夏菜の家にお邪魔したとき、一成さんにも出会った。

あのとき私は高校生で、一成さんは大学生。

とても大人びた容貌と静かな佇《たたず》まい、そしてクールだけど優しくて柔らかい雰囲気に、私は一瞬で心奪われたのだ。

思い出すと懐かしい。

夏菜の家に行く度に、一成さんに会えるだろうかと密かにうきうきしていた。

だからこうして今一成さんと隣同士、会話をしながら食事をしていることが夢のようだ。

「そう、だから俺はずっと千咲のことが好きだった」

「げほっ……は、えっ？　えっ？」

動揺しすぎて食べていたメロンの味が吹き飛んでいき、代わりに瑞々しい果汁が喉を過ぎた。

突然のことに耳を疑いポカンと一成さんを見つめてしまう。

一成さんは視線をこちらに向け、柔らかく微笑む。

そして甘くて蕩《とろ》けるような声色が私を包んだ。

「俺は千咲が好きだよ」

きゅんと体の奥深くにまで浸透していくその言葉は、じわりじわりと体温を上昇させていく。

今までのことが走馬灯のようによみがえってきて、まるで答え合わせをしていくかのように繋がっていった。そう、まるでパズルのピースを並べていくような……

「……でも、あの」

「千咲は？」

「えっ、あの、その、私、も……好きです」

「そうか、よかった」

一成さんはほうっと息を吐き出し、目を細める。

その仕草がとんでもなく色っぽくて息を飲んだ。

夢……じゃないよね？

「あの、私、一度フラれてますよね？」

身を乗り出さんばかりの勢いで一成さんに迫ると、彼の手がすっと伸びてきて顎にかかり、その長い指がおもむろに唇をなぞった。

「積もる話はあとにしよう」

軽く触れるだけのキスは驚きの方が大きくて。

きっと頭のてっぺんからボンッと音がしたに違いない。

顔の火照《ほて》りがおさまらない私のため、少しだけ散策をしてからチェックインすることになった。

灯篭《とうろう》に照らされた石畳の道は橙色にキラキラと輝き、趣がある。人通りもまばらで、静かな夜道に虫の音が小さく鳴り響いた。

ほんのりと吹き抜ける夜風が気持ちいい。

まだ先ほどの余韻が冷めやらず、心はふわふわとしている。これは夢か幻か、隣にいる一成さんは本物なのか。私を好きだと言ったのは聞き間違いではないのだろうか。

いろいろな疑念を抱きながら一成さんを横目で見ると、バチッと視線が絡まる。

ふっと微笑んだかと思うと、すっと手を絡め取られた。

「また迷子になったら困るからな」

そう言って固く握られる。

大きくて逞しい一成さんの手。

嬉しいやら恥ずかしいやら、でも一生離したくない手。

「迷子にはなっていませんよ」

ツンと可愛げなく反論するも、そうか、と大人な笑みの一成さん。

ライトアップされた八坂神社は幻想的で、吊るされた提灯の灯りもまた風情がある。昼間に比べたら少ない参拝客なのだろうけど、夜だというのになかなか賑わっていて時間の流れを忘れさせるようだった。

「ここの神社は縁結びのご利益があるんですって」

「そうか。だが神頼みする前に叶ってしまったな」

一成さんは繋いだ手を見せつけるかのように目の前に掲げる。

引いていた熱が再び湧き上がるような気持ちに胸が震え、涙が出そうになった。

「じゃあ、ずっと一成さんといられますようにってお願いします」

「それは成就する未来しか見えないな」

そんな頼もしい言葉をもらって、なおさら胸がいっぱいになる。

本殿の前に立つと空気がピリッとした。

お賽銭を入れ鈴を鳴らす。

二礼二拍手。

神様、大好きな一成さんとこれからもずっとずっと一緒にいられますように。

まだ始まったばかりの恋だけど、これから幸せなことがたくさん訪れますように。

よし、と目を開けると一成さんがクスクスと笑っていた。

「これは神様のお告げなんだが、これから千咲には幸せなことしか訪れない」

「えっ！　本当ですか？」

「願い事が全部声に出てたぞ」

「やだっ！　一成さんったら、もうっ」

大人げなくそっぽを向くも、すぐに腕を引かれて一成さんの胸にぽすんと捕らえられる。後ろから包み込まれるように抱きしめられ、髪の毛にキスが落とされた。

「俺もずっと千咲と一緒にいたい」

囁かれる声はじんと耳に響き、身体を痺れさせる。

こんなに幸せなことがあっていいのだろうか。

たくさん悩んで落ち込んで、いろいろな感情を経験してきたけど、幸せだと感じることにおいては無限に経験したい。

こんな、溢《あふ》れんばかりの感情があとからあとから湧き上がって、体中を満たしていくなんて。今までの自分がとてつもなくちっぽけに思えてきて、一成さんの逞しい腕に顔を埋めた。新緑のような爽やかな香りが鼻をくすぐって、私の心を更に満たしていくようだった。

一成さんが予約してくれた『松風《まつかぜ》』という旅館は、京都でも超高級老舗旅館の一つだ。江戸時代創業の歴史ある旅館で、夕食で訪れたお店によく似た数寄屋造りの建屋が特徴の、いかにも京都らしい佇《たたず》まいをしている。普段は予約が取りづらく、人気のお宿として旅行サイトにもよく取り上げられている。

今回幸運なことに、ダメ元で電話をかけてみたらキャンセルの空きが出ていたため、こんな突発的な予約にもかかわらず、私たちは松風に宿泊できることになった。

せっかく京都に来たのだからと京の風情を感じられる旅館を選んでくれた一成さんは、実はデートのプロなのではと思わせるほど手際が良い。こんなに先回りしてなんでもこなされると、秘書としての立場が危うくなる気がしてならない。

「どうした？」

「いえ、一成さんはなんでもできるなぁって思ってただけです」

「普段は千咲がなんでもしてくれているだろう？　たまには俺にも格好つけさせてくれ」

「……十分、かっこいいですよ」

恥ずかしくて小さな声でぼそりと呟いたのに、どうやら一成さんの耳に届いたらしい。満足そうに口の端を上げ、頭を撫でられた。一成さんの大きな手で撫でられると、包み込まれるように気持ちが良くてうっとりしてしまう。

松風の外観は和風だったが、客室は和モダンにデザインされているおしゃれな空間が広がっていた。一段高くなった畳張りの部屋にはすでに二組の布団がピッタリとくっついて敷かれている。

「……同じ部屋」

思わず口から言葉がこぼれる。

先ほどまでワクワクしていた気持ちが、急に緊張感で包まれた。

「なにか問題でもあったか？　恋人なんだから当たり前だろう？」

「こ、恋人……」

「千咲、自覚がないとは言わせない」

「あ、えと、そうですよね。ちゃんとわかってます」

お互い「好き」だと想いを伝え合ったんだから、私たちはもう恋人同士なのだ。

同室ごときで、いや、布団がくっついて敷かれているごときで動揺しているようじゃこの先が思いやられる。

一成さんは相変わらず涼しい顔をしていて、動揺も緊張も見られない。

私だけが緊張している。

だって、もうあとは寝るばかりといっても一成さんと二人きりだし、布団はくっついているし、あらぬことが起きそうな……

はっ！

いかがわしい妄想をしかけて、慌てて頭を横に振る。

なんて不埒《ふらち》な。

私ったらちょっと落ち着いて。

こんなこと考えてるって知られたら、変態だと呆れられてしまうかもしれない。

そう、一成さんみたいにクールに、ポーカーフェイスで……

「千咲」

「はっ、はいぃぃぃっ！」

突然呼ばれて、思考が呼び戻される。

あらぬことを考えていたのがバレてしまったのかと身構えたが、一成さんのまっすぐな瞳に一瞬で心奪われてしまった。

「俺がどれだけ千咲のことを待っていたと思う？」

ジリジリと詰め寄られ反射的に後退《あとずさ》る。コツンと踵《かかと》が段差にぶつかって行き場をなくした私は、いとも簡単に畳の部屋に尻餅をついた。

一成さんはジャケットを脱ぎ、ネクタイを流れるような手つきで首から抜いた。私はただその光景を他人事のように見つめるだけ。

後ろにはふかふかな布団の海が広がっていて、なにかを想像させるにはもってこいのシチュエーション。ドックンドックンと心臓がうるさい。落ち着いて、私の心臓。

「あ、えっと、どれだけって、……私を待ってたんですか？　でも私、フラれてますよね？」

「それはお前の勘違いだ。俺はフッてない」

「付き合えないって言いましたよ」

「今は、付き合えないと言っただろう？　あのときは就職を控えていて、いろいろと大変だったんだ。それに、さすがに高校生と付き合うわけにいかないからな」

当時、私は高校二年生で、一成さんは大学四年生。

ずっと失恋したと思っていたけれど、本当は違うってこと⁉

「もしかして……そのときから、私のことを好きだったってことですか？」

「まあ、そういうことだ」

「え、だって、だって！」

「だが、もう我慢する必要はなくなったな。千咲も大人になったし。今日はもう仕事も終わった。思う存分千咲を堪能できる」

甘く微笑む一成さんはいつも以上に男性の魅力たっぷりで、その美しさに見惚れて動けなくなる。しかも千咲を堪能って……

堪能って⁉

これって一成さんに求められてるってことだよね？　私だってもう高校生じゃない、大人になったのだからこれくらいで動揺するわけにはいかないのに。いかないのに……！

嬉しいけれど、心の準備がまったくできない。さっきからバックンバックンとまるで心臓の音が聞こえるよう。

落ち着いて、心臓。

落ち着くのよ、千咲。

音もなく私の隣に座った一成さんは、無駄のない動きで私の唇を奪っていく。温かくて柔らかい感触は、簡単に私から理性を奪っていきそうだ。

チュッというリップ音が思考を惑わせ、このまま流されそうになる。いいのかな？　いいんだよね？　ほんの少しの戸惑いがちょっと待ってとブレーキをかける。心臓がバックンバックンと今にも壊れそう。息の仕方を忘れそう。

「あ、あ、あ、あのぉっ、待ってください！」

「どうした？」

「あの、えっと、……そう、お風呂！　ここのお宿、お風呂が売りだって言ってました。ほら、二十四時までしか開いてないし。先にお風呂を堪能したいなぁ、なんて」

苦し紛れの主張に、「そういうことなら」とすんなり納得してくれる。

密かにほっと胸を撫で下ろすが、

「確かに、湯上がりで浴衣の千咲はそそるな」

と顎に手をやりじっとこちらを見るので、私は真っ赤になって反論した。

「な、なに想像しているんですか！　一成さんのエッチ！」

手元にあった枕を投げつけるも軽くキャッチされ、「健全だろう？」と口角を上げた。

ぐぬぬ。

なんだか負けた気分だ。

「今日は疲れただろうから、ゆっくり温まってくるといい」

「はぁい」

部屋に備え付けられていた可愛い色浴衣を持って大浴場を訪れた私は、時間も遅いこともあって貸し切り状態でお風呂を堪能していた。

露天風呂では、ふわりと湯気が漂う様がゆったりとした気持ちにさせてくれる。たくさんの星も見える中、大きな湯船に手足を伸ばして贅沢に浸かった。

今日はいろんなことがあった。

まずは自分を労ろう。

それから……

一成さんと両想いになっちゃった。

まさかまさかの出来事だけど、嬉しくてたまらない。高校生で未熟だった私を、今までずっと待っていてくれたのだろうか。

それくらい、自惚れても罰は当たらないよね？

今の私は大人になっただろうか。一成さんの目には大人に見えているだろうか。

部屋に戻ったら一成さんと……

「はっ！」

またあらぬ想像をして頬に熱が集まり、ぶくぶくとお湯に潜りかけてしまった。

いや、でも、こんなことで恥ずかしがっている場合ではない。

むしろこっちから迫るのが大人ってもんでしょう！

ぐっと拳《こぶし》を握って気合いを入れてみるも、脱衣所の鏡に映った自分の体は貧相で、特にぺちゃんこの胸にがっくりしてしまった。

こんなんじゃ一成さんに迫るどころか幻滅されてしまうかもしれない。この可愛い色浴衣でどうにかごまかせないだろうか。また、可愛いって言ってもらいたい。キスもしてもらいたい。それくらいで動揺しないように、もっと大人になりたい。

淡い桃色の浴衣に橙色の帯。崩れないようにきゅっと帯を締めると、気持ちまで引き締まるようだ。

気持ちも新たにドキドキと高鳴る胸を押さえ、深呼吸をしながら休み休み部屋に戻った。これから待ち受けているであろうことを期待しながら一成さんの元へ行く。すると、先に入浴から戻ったのであろう浴衣姿の一成さんが、ふかふかの布団に転がってすやすやと寝息をたてていた。

なんだ、一成さんが一番疲れているんじゃないの。

拍子抜けしてしまって、思わず笑みがこぼれる。一成さんは塚本屋の副社長という立場で、毎日頑張っているものね。今日だって挨拶まわりで大変だっただろうし、それなのに私のことも捜してくれて病院まで迎えに来てくれた。本当に、頭が下がる思いだ。

綺麗な寝顔はいつまでも眺めていられる。それに寝顔が少し可愛いなんて思ったりして。

まったく目覚める気配のない一成さんに、掛け布団を掛けてあげる。

「一成さん、おやすみなさい」

近付いてそっと頬にキスを落とした。

……うん、我ながら大胆だ。

自分からしておきながら羞恥心が襲ってきて頬が熱くなる。

と、突然ぐいっと引っ張られバランスを崩した私は一成さんの胸へダイブした。

「うわっぷっ」

そしてそのまま布団の中に引きずり込まれる。意味がわからないままぐいっと腰を引き寄せられて、一成さんに密着した。ぎゅうっと抱きしめられると、お風呂上がりの爽やかな香りが鼻をくすぐって心臓がドキンと跳ねる。

「い、一成さん⁉」

先ほどまで閉じていた目が開かれている。まるで寝ていたとは思えない、しっかりとした眼差し。

バチンと視線が合うと、ふっと微笑まれた。

「まさか千咲の方から誘ってくるとは」

「ちちちち、違いますっ。ていうか寝てたんじゃ……」

「寝たらもったいないだろう？」

「ええっ？」

「せっかく千咲と二人きりなんだから」

目尻を下げた一成さんはとんでもなく色っぽくて、その瞳の奥に熱を孕んでいるのがわかる。甘くて魅惑的なその視線から目が離せなくなった。

そうっと頬を撫でられる。

「可愛い、千咲」

くっと顎を掬《すく》われて、あっと息つく間もなく唇を食べられた。

一成さんとのキスは初めてじゃない。だけど啄《ついば》むように唇を食べられるキスは初めてで、再びドキンドキンと心臓が騒ぎ出す。この先を想像して勝手に身体が熱くなる。

柔らかな感触から舌で口を優しくこじ開けられた。ねっとりとした感覚はあっという間に思考を奪っていく。口内を舐め回されてくちゅりと唾液が絡み合った。

「あふっ」

漏れ出る声さえもすぐにキスで塞がれ、溺れそうになる。

息も絶え絶えになった頃、ようやく唇が解放された。また、熱い視線が絡む。

「抱きたい」

一成さんの甘く低い声が耳をくすぐった。

ストレートな言葉にカアアッと身体が熱くなる。

「ダメか？」

私は首を小さく横に振る。

ダメじゃない。私だってもう大人だもの。一成さんを求めてる。

だけど――

心臓がドッドッと悲鳴を上げた。これから先のことに期待が膨らむと同時に、ほんの少しの不安が頭を過《よぎ》る。

「私……初めてだから……」

ぽん、と一成さんの大きくて温かい手が私の頭を優しく撫でた。慈しむように優しく、何度も何度も。それだけで私の不安は絡め取られていくよう。

「千咲が嫌がることはしないよ」

「一成さん……あっ、んんっ」

首筋にキスが落とされる。くすぐったいような感覚に身体がビクビクした。髪に指を差し込まれ、頭を抱えこむようにしてたくさんのキスの雨が降る。その度にビクンビクンと反応してしまう私の身体は、どこかおかしいのだろうか。

一成さんの手が身体のラインをなぞる。どうなるのか怖い。だけどいっぱい触ってほしい。二つの矛盾した気持ちが交錯する。

浴衣越しに一成さんの手が胸を揉みしだく。先端の敏感な部分に触れるとぶるりと身体が震えた。

「あっ、あっ……」

「まだ浴衣の上からなのに、もうそんなに感じているのか？　直に触ったら千咲はどうなるんだ？」

「わ、わかんない。けど、一成さんにいっぱい触ってもらいたいです」

「この、煽り上手め」

不敵な笑みを浮かべた一成さんは、私の両手首を布団に縫いつける。上から見下ろされ、一成さんの熱を孕んだ甘い視線に羞恥を感じて顔を背けた。

「千咲、こっちを見て」

「は、恥ずかしいです」

「どうして？　可愛くてたまらないのに。浴衣を脱がせたいけど、浴衣姿の千咲ももっと見ていたいな。とても可愛い」

「い、一成さん……」

まるでお預けを食らっているかのよう。

ただ見られているだけなのに、身体の奥がじんと疼《うず》く。

そんな私の気持ちを見透かしたかのように、一成さんはクツクツと楽しそうに笑った。

「本当に、千咲は可愛くてどうしようもないな。全部俺のものにしたい」

「もう、一成さんのものです。一成さんの彼女にしてください」

「もうとっくに彼女だろう？」

浴衣の帯をしゅるりと解《ほど》かれた。少しずつあらわになる肌に一成さんの手が優しく這う。至る所にキスを落としながら、胸の頂をくりっと摘《つま》まれた。

「あっ、ああんっ」

「ふっ、可愛い声。全部食べてしまいたい。とても綺麗だ」

そのまま、一成さんは胸にパクリとかぶりつく。敏感になった先端をまるでころころと飴玉を転がすように舐められ、身体がビクンビクンと跳ねた。

「あっ、やっ、あっ、んんっ」

初めての感覚が襲いかかり、無意識に膝を擦《こす》り合わせる。

なんだか下腹部がひくりと疼《うず》く。

「い、一成さ……んんっ……」

濃厚なキスで口が塞がれた。ぴちょっと唾液が絡み合う音が耳に届いて、ぶるりと身震いする。

一成さんの手が太ももをつーっとなぞった。

「千咲の気持ちいいところを教えて」

掠《かす》れた声が耳に響く。

耳たぶを甘噛みされながらそんなことを囁かれるものだから、より一層子宮の奥がジンと疼《うず》いて仕方がない。気持ちのいいところを教えてなんて言われても、もう全身が性感帯にでもなったかのよう。どこを触られてもビクンと反応してしまうもの。

「……んぅっ……んっ……」

甘ったるい声が自分の口から漏れる。それがなんだか不思議。けれどもう自分の意思とは関係なく抗えないなにかが一成さんを求める。

ずっとずっと大好きだった一成さんとまさか恋人になれるなんて、夢でも見ているのだろうか。こんなに近くに一成さんを感じて触れ合って、幸せで蕩《とろ》けてしまいそう。

「千咲、触るよ」

「……あっ、ひゃあんっ、あっあっ……」

ぼんやりしていた頭が再び呼び戻される感覚に、背が弓なりに反った。一成さんはしっかりと私を抱え込みながら、秘部に触れる指を軽く上下させる。

「すごく濡れてる。気持ちいいのか？」

「や、やだっ、ああっんっ……」

「嫌？　こんなに濡れてるのに？」

ほら、と一成さんは指に糸引く蜜液を見せつけてから、ペロリとその指を舐めた。

まさかそんなことをされると思わなくて、脳内が羞恥一色に染め上げられる。

「や、やだっ、ダメっ、ダメっ」

恥ずかしすぎて一成さんのその手を追い求める。けれど逆にガシッと手首を掴まれ、そのまま引き寄せるように唇を食べられた。

「んぅっ、ふぅっ……」

上手く呼吸ができない。執拗に口内を舌で蹂躙《じゅうりん》されたまま、指は秘部をねっとりと上下している。

ビクンビクンと揺れる身体は、一成さんにしっかりと抱きかかえられていて身動きができない。身体の奥からピリピリとなにかが迫ってくる感覚に必死で一成さんにしがみついた。

「……あっ、ああっ、ダメっ、ああっ、んくぅっ……」

目の前がチカチカとして両足がガクガク震えた。

はあはあと肩で息をする私を見て、一成さんはふっと笑う。その余裕そうな表情に、なぜだかゾクリとする。

「大丈夫か？」

「……ダメ……かもしれません」

「これ以上はやめておくか？」

「………」

そんな意地悪な聞き方はずるい。

黙った私を見て、一成さんは抱きしめる腕を緩める。それだけのことなのに、一成さんから距離を置かれた気がしてズキンと胸が痛んだ。視界がぼんやり揺れる。

「こら、言わなきゃわからないだろう」

「あう、ううっ……」

「怒っているわけじゃない。千咲に気持ち良くなってもらいたいから、聞いているんだ」

チュッと音を立てて、目尻に浮かんだ涙を吸い取られた。くすぐったくて自然と身が捩《よじ》れる。優しく頭を撫でられ、その心地良い手の動きに身を寄せると、一成さんの甘やかな視線に絡め取られた。

そうだ、私はいつも肝心なことが言えなくて失敗している。萎縮してしまうのは悪い癖だ。だけど一成さんとは恋人になったのだ。もっとちゃんと自分の気持ちを伝えないと、この先嫌われてしまうかもしれない。そんなの、嫌だ。

一成さんの浴衣の裾をぎゅうっと握る。その手を包み込むように、一成さんの大きくて温かい手が添えられた。

一成さんは待っていてくれる。私の気持ちをちゃんと汲み取ろうとしてくれている。だから私も勇気を出して……恥ずかしいけれど、思い切って口を開いた。

「……さ、……」

「うん？」

「さわってほしい……です……」

本当に本当に恥ずかしい。まさかこんなことを言うなんて、自分でも信じられない。

上気した頬を包み込むように一成さんの手が添えられる。やわやわと頬を撫でられたかと思うと、

「いい子だ」と啄《ついば》むようなキスをくれた。

一度敏感になった秘部はほんの少し触れただけでじんと痺れる。ぬるぬると上下させながら、一成さんの綺麗で長い指がぐっと差し込まれた。

「んっ、くうっ……」

「痛くない？　大丈夫、力を抜いて」

私の様子を窺《うかが》いながら、少しずつ指が動かされる。抜き挿《さ》しする度にピチャピチャと卑猥な音が聞こえて、羞恥で耳を塞ぎたくなった。

「……んあっ、ぅくぅっ……ひゃぁんっ……」

くちゅくちゅと壁を擦《こす》られると自分の意思とは裏腹にひくひくと腰が動く。ときにゆるゆるとかき混ぜられたり抜き挿《さ》しされたり、くっと曲げられたり、快感でわけがわからなくなってきた。

「千咲が指に吸い付いてくるよ。わかる？」

「やだっ、言わないでっ」

「どうして？」

「んぁっ……は、恥ずかしいっ……からぁっ」

「恥ずかしがることなんてないだろう？」

スルリと帯を外した一成さんの浴衣がはだける。服の上からじゃわからない引き締まった身体。程よくついた筋肉がとても逞しい。

そんな姿に見惚れている間に、一成さんは私の太ももの裏に腕を回してぐいっと持ち上げた。

「ひゃんっ」

秘部にあてがわれた一成さんの熱いモノ。ゆるりと腰を動かしながら、昂《たかぶ》った硬い先端が私のナカを探すかのようにゆっくりと動いた。

「んっ……あっ、あっ……」

まだナカには入れられてないというのに、痺れるような感覚が這い上がってくる感じがする。ぬるぬる動いていたそれが、一点で止まった。

「入れるよ」

その言葉と同時に、くぷっと潜り込んだモノが私を貫かんばかりに押し込まれた。ギチギチとこじ開けられる感覚に顔が歪む。

「いっ……あぁあっ、んくぅっ……」

「ほら、力抜いて」

優しい声音の一成さんは私を抱え込むように抱きしめる。繋がって、密着して、もうなにも入り込む隙がないくらいに一つになっている。行く手を失っていた両手を一成さんの背中へ回した。

涙目になった私の瞼《まぶた》に柔らかなキスが落ちる。苦しそうに眉を歪めた悩ましげな一成さんの顔が目に入った。

「千咲、動いても大丈夫？」

一つひとつの行為に私の意思を確認してくれる一成さん。私が初めてだって言ったから、きっと気を遣ってくれているのだろう。そんな細やかな優しさに胸がキュンと悲鳴を上げる。

痛いけど、泣きそうだけど、それよりも一成さんと繋がっていることの方が何倍も嬉しい。好きな人と肌を触れ合わせることが、こんなにも愛しいものだとは知らなかった。

「……動いて」

お願いすると、ふっと目尻を落とした一成さんがゆっくりと腰を動かす。ピチャピチャといういやらしい音が聴覚を刺激して頬を上気させていく。

すでにグズグズに蕩《とろ》けさせられた身体は無意識に一成さんを求め、背に回した腕は離れまいと一成さんに固く絡みついた。

「……ひぁっ……あっあぁっ、あふぅっ……」

こじ開けられていた感覚は、いつの間にかなにか違うものへと変化している。これが気持ちいいのかよくわからない。だけど、満たされている感覚がとんでもなく胸を熱くする。

「はぁっ、はぁっ……んっくぅっ……」

「声、我慢しないで。もっと聞かせてよ」

そう囁きながら耳たぶをカプリと食《は》まれて、「あぁあっ」と一際《ひときわ》甘ったるい声が出た。

「くっ、千咲のナカ、きつっ……」

悩ましげな一成さんの腰の動きが速くなる。あわせて二人の息も荒くなっていく。

息が止まりそう。無意識に腰が浮き上がり、気が遠くなりそうだ。

「ひゃぁんっ……あぁあっ、やっ、んっ……ぅくぅっ」

どうしようもない快楽が下腹を押し上げていく感覚に身を捩《よじ》らせるも、ガッチリと抱えられた腰は逃がしてもらえない。

「いっ、一成さ……ぁん……んくぅっ」

「ああっ、千咲……イクよ」

「やっ、ダメっ……あぁぁぁぁーーっ！」

打ちつけられる度、波のように押し寄せる電流のような痺れ。

脳に刻み込まれる、このどうしようもなく愛おしい感覚。

好きな人と初めて一つになれた喜び。

汗ばむ肌も荒い息も、どこか心地良い。

この甘くて狂おしくて濃密な時間は、とても幸せで満たされていて、私は一成さんという大きな愛にどっぷりと溺れたのだった。


温かく包まれていつまでも寝ていたいこの感覚は、旅館のふかふか布団で寝たから。

いつもと違う目覚めにしばらく夢見心地で瞼《まぶた》が重い。

「うーん……」

軽く伸びをして目覚めると、目の前に現れる綺麗な顔。

「ひっ！」

「起こしてしまったか？」

「い、いいえ、えっと、あれ？」

なぜか一成さんと一枚の布団で寝ている。

布団が二枚くっついていて、それぞれの布団で寝たはず……

いや、違う違う。なに寝ぼけてるの、私。

昨夜は一成さんと初めての……え、えええエッチをしたではないか。

グズグズに蕩《とろ》けさせられて一成さんの胸の中で眠ってしまったんだ、きっと。記憶が曖昧だもの。

思い出すだけで身体が熱くなる。下腹部に違和感があるのはきっと初めてだったからだよね？

まさか一成さんとこんなことになるなんて、誰が想像しただろうか。

申し訳程度に着ている浴衣は、一成さんが着せてくれたに違いない。下着も着けずにはだけた浴衣姿とは、恥ずかしいにもほどがある。

「誤解のないように言っておくが、これは決して寝込みを襲おうとしたわけではなく、千咲があまりにも可愛くて寝顔を見ていただけだからな」

「ひえっ！」

「まあ寝込みを襲ってもよかったんだが。千咲に嫌われたくないからな」

真剣な顔でうんうんと頷く一成さんも、浴衣を着ているものの少し崩れていて、朝から色気がだだ漏れだ。

目のやり場に困ってふいと目を逸らす。

恥ずかしい、というのもあるけれど、一成さんを見ているとドキドキしすぎてどうにかなってしまいそうだから。昨夜のことを思い出してしまうから。

「……嫌いませんよ。だって、私はずっと一成さんのことが好きだったんですから」

一成さんのひゅっと息を飲む音が聞こえた。

と思ったらずずいと覗き込まれる。

「またそうやって可愛いことを言う。朝から俺を煽ってどうしたいんだ」

甘く柔らかく、それでいて挑発的な言葉は私の体を痺れさせる。

こんな気持ち、今までの私からしたら矛盾していると思うんだけど……

それでも今日はなぜだか言わずにはいられなかった。

「一成さんのペットになりたい。可愛がられたいです」

可愛いって撫でられる愛玩動物のように、一成さんにたくさんたくさん可愛がられたい。

コツンと額《ひたい》が当たり一成さんの吐息がすぐ近くで聞こえる。

そして、ぞくりとした囁きが耳に響く。

「愛が重いと文句言うなよ。猫可愛がりしてやるから」

不敵に笑う一成さんは私の手を取って立ち上がる。

「じゃあ、行こうか」

「え、どこへ？」

乱れた姿のまま部屋の奥まで連れて行かれる。なんだろうと思っていると、広縁《ひろえん》の奥の襖《ふすま》を開けた。

「わあっ」

大きな窓の外、ベランダだと思っていた場所は実は露天風呂で、ヒノキの湯船から柔らかな湯気が立っている。

「お風呂があったんですね」

「大浴場もよかったけど、せっかくだしここも入りたいよな」

「はいっ、入りたいです」

「一緒にだぞ」

「い、一緒に⁉」

動揺して後退《あとずさ》るも、ガッチリ手が握られていて逃げることができない。

「なにを今さら恥ずかしがることがあるんだ？　昨夜はあんなに乱れていたくせに」

「や、やだっ、言わないでください」

「可愛いからなにも問題ないだろう？」

「そういう問題じゃなくて……」

だって一緒にお風呂なんて恥ずかしすぎる。

動揺する私をよそに、一成さんはしゅるりと帯を解《ほど》く。程よく筋肉のついた逞しい身体があらわになって、ドキンと心臓が高鳴った。

かっこいい……！

性懲りもなく見惚れていると、ふいに帯に手をかけられる。

「ほら、千咲も脱ぐ」

「えっ、あっ、きゃあっ」

あっという間に浴衣を剥《は》ぎ取られて、恥ずかしがる隙すら与えられずに露天風呂へ引きずり込まれた。

川のせせらぎがほのかに聞こえる。

なみなみと注がれたお湯が、湯船から流れ出る音と相まって、耳に癒やしを与えてくれる風情溢《あふ》れる露天風呂。時折吹く柔らかな風はヒノキの香りをふんわりと漂わせていく。なんて落ち着いた素敵な場所なのだろう。

それなのに――

「やんっ、ちょっ……一成さ……んっ」

「こら、動かない」

くしゅくしゅと泡立てたボディーソープで全身泡だらけにされた私は、一成さんの手によって洗われている。

ぬるぬると滑る泡を追いかけるように身体に手が這わされ、そのくすぐったさに身が捩《よじ》れる。そして時々敏感な部分に触れていく指。

「ここもしっかり洗わないとな」

「ひぇっ……やっ、ぁああっ……」

足の付け根を擦《こす》られていたかと思うと、その指は秘部へ伸びてくる。優しく上下するその動きは、洗っているだなんて到底思えない。

「いっ、いっせ……い、さぁんっ……そ、そこはっ……」

「すごくヌルヌルだけど、これは泡なのか？　それとも千咲の愛液？」

「やっ、やぁぁんっ」

私を後ろから抱きしめながら、右手は秘部を、左手は胸をぬるぬると弄《いじ》る。密着する背中もたくさんの泡でぬるぬると滑る。

ふいにお尻になにか硬いものがあたる。

それが上下にゆるゆると動く。

「……！」

「千咲が魅力的だからいけない」

「えっ、ええっ……あっあっ……」

その動きに合わせて、指の動きも規則的に動く。ぐっとアソコに指が差し込まれてより一層身体が捩《よじ》れた。けれどガッチリと後ろから抱きしめられているため、逃げられない。

「だっ、ダメっ……一成さん……わたしっ……」

昨夜教え込まれた快楽はすぐに下腹の疼《うず》きを呼び起こす。ジクジクと響くそれは、無意識に両膝を擦《こす》り合わせるようにさせる……。

「ふっ、ほしそうな顔」

「あっ、あんっ、ぁああっ」

「千咲、ここは一応外だからな、声が聞こえてしまうかも」

「ひっ……！　……ぅうっくっ……」

慌てて口を押さえるけれど、身体はビクンビクンと反応して自然と声が漏れ出てしまう。足がガクガクして立っていられない。

「ふっ、千咲、可愛い」

正面から抱き直されて濃厚なキスで口を塞がれた。口内を蹂躙《じゅうりん》する舌があらゆる思考を奪い、声すらも奪っていく。

ぴちょんぴちょんとお湯が垂れる音。

くちゅくちゅと掻《か》き混ぜられる音。

はぁ、はぁ、と、荒くて甘い呼吸。

これが気持ちいいのか、感じているのか、わけがわからなくなってくる。ただ、嫌じゃない。もっと触ってほしい。私を求めてほしい。欲張りになってしまう。

「も、もう……ぁあ……」

「どうしてほしい？」

そんなことわかっているくせに、一成さんは意地悪だ。掠《かす》れた声で鼓膜に響くように囁いてくる。

ぶるりと身体が震えた。

「……ほ、ほしい……です」

「うん、なにを？」

「あっ……い、一成さん……のっ……」

「いい子だ」

まるで小さい子を褒めるように優しく頭を撫でられる。

背中を抱えられたまま壁に身体を預け、一成さんの右腕が私の左太ももを一気に持ち上げた。

瞬間、大きくて硬い雄芯がナカをこじ開けて突き上げてくる。

「ひぁっ……んぅ、ぁあんっ……」

「はぁっ、千咲、あまり締めないでくれっ……すぐにイッてしまいそうだ」

「やぁあんっ、い、いっせいさ……んくぅっ」

一成さんの腰の揺れに抵抗するようにしがみつく。いくら抵抗しても尽きない快楽の波に、一成さんと二人で果てた。

ゆるゆるとお湯が流れる。

改めてヒノキのお風呂に浸かった私たちは、その温かさにぼんやりと空を眺めた。

昨日一成さんと両想いになって、それだけで嬉しかったはずなのに、すでに二度もエッチをしてしまった。しかも、グズグズに蕩《とろ》けさせられるくらいに濃厚に。

それは、悪いこと？　悪いことじゃないよね。だってこんなにも幸せで満たされることだもの。

こんな気持ちにさせてくれる一成さんは神様かなにかだろうか。

「千咲、ごめん」

突然謝られ、驚いて一成さんを窺《うかが》い見る。湯船の縁に頭をもたげながら、一成さんは視線だけこちらに寄越した。

「なにが……ですか？」

「余裕がなくて……」

「余裕？」

よくわからなくて首を傾げる。

余裕がないのは私の方だ。いつだって、いっぱいいっぱい。ついていくのに必死。仕事も恋愛も……

「嫌じゃなかったか？」

「え……？」

「もっと優しくできたらよかったけど……千咲を前にすると理性が吹き飛ぶ」

「吹き飛ぶ？」

「千咲は可愛いし、こんなにも魅力的だからな」

ぼぼぼと顔が赤くなる。のぼせてしまいそう。

「嫌なわけないです」

「本当か？」

「だって私は一成さんが大好きだから。なにをされたって大丈夫」

とても大胆なことを言ったと思う。

一瞬目を見開いた一成さんは、そうっと腕をこちらに伸ばした。触れる手がとんでもなく優しい。

やわやわと頬を撫でる一成さんの手に身を委ねる。どちらからともなく求めた唇は、これ以上ないくらいに甘くて蕩《とろ》けるような深いものだった。

第七章　夢の国

日課となっている一成さんとのモーニングを終え始業時間を迎えると、普段となんら変わらない日常が始まった。

秘書室の朝礼に出てからそれぞれ仕事に取りかかる。

私は隙間時間に、先日行った食品イベントでのレポートまとめに取り掛かった。たくさんのパンフレットと走り書きのメモを読み返しながら、思い出されるのは一成さんとのことばかり。

日帰り出張の予定が宿泊に変わり、そしてなによりも想いが通じ合って恋人になったこと。まだ夢を見ているような気持ちでふわふわとしていて実感がない。

だけど、気を抜くと頬が緩んでいる自分がいる気がして、時折我に返って気を引き締めている。

京都ではあんなに甘かった一成さんも、今朝のモーニングでは至ってクールだった。モーニングといっても塚本屋のカフェだから社内だし、わきまえているということかもしれない。だから浮かれているのは私だけのような気もする。

ずっと席を外していた時東さんが戻ってきたのを見て、私は紙袋を持って席を立った。

「時東さん、これお土産です」

「あら、ありがとう」

今しがた来客対応をしていたとは思えないほど優雅な笑みを湛《たた》えた時東さんは、見てもいいかしら、と丁寧に包みを剥《は》がしていく。

「千枚漬けね。私これ大好きよ」

「本当ですか。よかったです」

喜んでもらえて、ほうっと胸をなでおろす。

一成さんの出張同行は完全に時東さんの計らいだったので、なにかお土産をと悩んでいた。時東さんの好みはまったくわからなくて一成さんに尋ねてみると、甘いものよりしょっぱいものが好きだというので、ちょっと渋いような気がしたけど千枚漬けに決めたのだ。

時東さんはちらりと時計を確認する。ちょうど十時になるところだ。

「なんか疲れちゃったわね。ちょっと休憩しましょう」

連れられて入ったのは副社長室。

一成さんは会議で席を外しており、今はがらんとしている。すぐ隣に簡易的な給湯室があり、急須と湯飲みも食器棚に完備されている。引き出しを開ければ塚本屋自慢の茶葉が何種類かセットされていて、時東さんは緑茶を手に取った。

「お茶にしましょう。千枚漬けと一緒に」

「いいんですか、ここでお茶して」

「いいのいいの、今日はここ使わないでしょう」

「はい、そうですね」

今日の一成さんのスケジュールは頭に入っている。

午前中は別の場所で会議が二つ。

午後からは珍しく予定が入っていない。

だから副社長室には誰も来ない。

千枚漬けを食べやすい大きさに切りお皿に盛りつけ、急須で塚本屋の緑茶を淹れる。少し蒸らしてから湯飲みに注ぐと、コポコポコポと耳に心地良い音といい香りが広がった。

「千枚漬けがお茶と合うのよねぇ」

「確かに、お漬物とお茶って合うんですね。お漬物屋さんとコラボとかしたらいいのに」

「それいいわね！　今度開発部に提案してみたら？」

「開発部ですかぁ……」

開発部と聞くと高田さんがすぐに思い浮かぶ。なんだかんだ文句を言われながらも、出張中はかなりお世話になった。今度、高田さんにもお礼をしに行こうかな。

「ところで、どうだった、出張は。一成くんと進展あり？」

「げっほっ！」

「なるほど、進展ありね」

ニヤニヤと楽しげに笑いながら、時東さんは知った顔でお茶をすする。

私は慌ててお茶で漬物を流し込み、息を整える。

「や、えと、その、……はい、ありがとうございます」

「どっちから告白したの？」

「ええっ！」

「いいじゃない、減るもんじゃなし。出張許可出したの私なんですからね、報告はいるわよねぇ？」

ニヤリといやらしい笑みを湛《たた》えながら、妙な威圧感を出してくる時東さん。そのプレッシャーは半端なく、すぐに負けてしまう。

早々に観念した私は、実は過去にフラれていなかったこと、一成さんが待っていてくれたことをかいつまんで話した。

「ふうん、一成くんって意外と誠実なのね。見直したわ。ていうかお互い一途なのね。羨ましい」

「一途……。一成さんって今まで彼女がいたことなかったんですか？」

「うーん、どうだったかしら？」

時東さんの歯切れが悪く、急に心配になった。

京都のときのデートプランがとんでもなく上手かったし、キスだって上手い……気がする。

それにエッチだって……

はっ、実は経験豊富……とか？

歴代の秘書さんたちにも迫られまくっていたくらいだし、誰かとなにかあってもおかしくない。「ねえ、心配になるのはわかるけどさ、一成くんももう二十七なのよ。逆に経験ない方が心配じゃない？」

「はい……」

経験、がなにを意味するのか。

不埒《ふらち》なことを考えて頬に熱が集まってきた。

京都で見た一成さんの逞しい身体を思い出して、ドックンと心臓が高鳴る。低くて甘い声で「千咲」と呼ぶ。耳たぶを甘噛みされながら優しく身体のラインを撫でられて……

って、私ったらなにを考えているの。やめてやめて、ここは会社なのよ。落ち着け私、頑張れ私。

「ねえ、もしかして告白してそれで終わり？」

「いやっ、あのっ、そのっ」

「そんなわけないわよね？　さすがにキスくらいはしたんでしょ」

「ああ……時東さぁぁぁん」

あっけらかんと言い放つ時東さんは恥じらいがなくて、なんだかとても大人に見えた。むしろ私だけが動揺して思い出してあわあわとなっている。

いや、でも、忘れろって言う方が無理だ。あんなグズグズに甘やかされて蕩《とろ》けさせられたのだから、ふとした瞬間に思い出しては身体が熱くなる。こうして何事もないように仕事をこなしている私を褒めてほしいくらいだ。

あらぬ想像をしているとふいにガチャリと扉が開く。

「……お前たち、副社長室を休憩室として使うな」

戻ってきた一成さんが、副社長室を我が物顔で使う私たちを見て呆れた声を出す。

私はそれより、さっきまでの不埒《ふらち》な考えを追い払うのに必死だ。

「いいじゃない、別に。今日は珍しく来客もないし、仕事も逼迫《ひっぱく》してないから問題ないでしょ」

「えっと、一成さんもお茶飲みますか？」

「ああ、いただこうか」

一成さんは躊躇《ためら》いもなく私の隣に腰を下ろした。

妙に距離が近くて緊張する。

時東さんが不満そうな視線で一成さんを見遣《みや》り、大きなため息を吐いた。

「ちょっと、女子会の邪魔しないでくれる？」

「お前こそ、千咲を独占しすぎだ」

「やだ、嫉妬かしら。大人げない」

時東さんは一成さんと反対側の私の隣にドカッと座ると、ぐいっと肩を引いて抱きしめてきた。

「そりゃあ片山さん、可愛いものね。うふふ。でもダメよ、社内ではわきまえてちょうだい」

「と、時東さんっ！」

「なにを言っているんだ、当たり前だろう」

時東さんの挑発にクールに対応する一成さんは、なんでもないようにお茶をすすった。

だけど二人の間に火花が見えるのは気のせいだろうか？

「さて、私たちはそろそろ仕事に戻りましょう。一成くん、片付けておいて」

「お前……」

「あ、私やりますよ」

お盆に湯飲みやら急須やらを載せて給湯室へ運ぶ。カチャカチャと洗い物をしていると一成さんもやってきて隣に並んだ。私が洗剤で泡まみれにした湯飲みを、一成さんが丁寧に洗い流してくれる。そんな共同作業もなんだか嬉しい。

「千咲、今度の休みにどこか行こうか？」

「行きたいです！　でも一成さん忙しいのでは？」

「忙しいが千咲が癒やしてくれたら問題ない。どこに行きたい？」

基本土日休みの私たち。

けれど、一成さんは副社長ということもあり、オンコール対応は当たり前。場合によっては家でも仕事をすることがあるらしい。

忙しいから休日はゆっくりしてほしいのだけど、どこに行きたいかと聞かれたらやっぱり嬉しい。

一成さんとお出かけできるなんてテンションが上がりまくる。

「どこでもいいですか？　一成さんが行きたいところは？」

「どこでもいい。千咲が行きたいところが俺の行きたいところだ」

そんな甘やかされていいのだろうかと思いつつ、ふむ、としばし考える。

季節は秋。そろそろハロウィンのシーズンだ。

各地のテーマパークではハロウィンイベントが行われ盛り上がりを見せている。先日テレビでも特集が組まれていて、一成さんと一緒に行けたらなぁと勝手に妄想していた。

「えっと、じゃあ、ドリームランドに行きたいです」

大きなテーマパークでアニマルキャラクターが人気。キャラクターとか遊園地とか、一成さんは好きじゃないかもしれないなと思ったけれど……

「じゃあ決まりだな」

と二つ返事で承諾してくれた。

一成さんとドリームランドデート。

神様、こんなに幸せでいいのですか。

次の休みが待ち遠しくてたまらないです。

◇

『千咲、今度の休みにランチ行かない？』

久しぶりの夏菜からの電話にテンションが上がるものの、せっかくの誘いを断ることになってしまった。

「ごめん、その日は用事があるの」

だってその日は一成さんと……

『そっか、じゃあまたの機会に』

「うん、そうして」

『ところでその用事って、お兄《にい》とデート？』

「へっ？　な、なんでわかるの？」

『なんか声が浮かれてるから』

ニヤニヤといやらしい声色で挑発してくる夏菜の顔が浮かぶようだ。

私はタジタジになりながらも肯定する。

「そんなにわかりやすい？」

『うん、ていうかカマかけただけだけど。本当にそうだったとは』

「ちょっと夏菜！」

『えー、よかったじゃん。いい感じになって』

「前に夏菜が話聞いてくれたから、なんかふっきれたというか、ちゃんと自分の気持ちに向き合えたというか」

『じゃあ、私のおかげね』

えっへんと得意げな夏菜の顔が脳裏に浮かんだ。

私が一成さんと恋人になれたのは、自分の気持ちに向き合えたから。

ペットだと言われて落ち込んだけど、ペットの意味を教えてくれた夏菜がいたから。

だから、それを甘んじて受け入れることができた。

私は一成さんのペットでいいんだって思えたのは、夏菜のおかげ。

「……確かにそうだよね」

『もー、千咲ってば素直すぎでしょ』

「ううん、本当に感謝してる。お土産買ってくるよ」

『お土産？　どこ行くの？』

「ドリームランドだよ」

『うそっ！　マジ？　じゃあ、お土産は写真でいいよ』

「写真？」

『ドリームランドデート中のラブラブツーショット、送ってくれたらいいから』

「ツーショット写真かぁ。……って、そんなのいる？」

『だって、貴重じゃない。あのお兄《にい》がドリームランドでキャッキャしてるなんて想像できないもん。

それと、その写真があればいざというとき脅しに使える』

「なにを言ってるの、夏菜ったら。脅しって」

『まあ、楽しんでおいでよ。お兄《にい》は千咲に甘いから、なんでも買ってくれるんじゃない？　おねだりしてみな。また話聞かせてよ。特にお兄《にい》がはしゃいだって話を期待する』

「あ、はは……」

確かに一成さんはクールだものね。

ドリームランドはアニマルキャラクターがたくさんいて、例えば猫耳カチューシャとかキャラクターTシャツとか、もし一成さんが身に着けたらどんな感じになるんだろう。

パリッとしたスーツの一成さんしか想像できなくて、一成さんとキャラクターものが結びつかない。

これは似合わないかもしれないぞ。

いや、そもそも身に着けてくれないかな？

などなど、勝手なことを想像すると余計に楽しみで仕方がなくなった。

◇

秋晴れの休日。

ドリームランドまでは直通の列車が通っているので、一成さんとは駅で待ち合わせた。

Vネックカットソーにチノパン、そしてジャケットを羽織っている一成さんは、遠くから見てもすぐにわかるほどかっこいい。私服の一成さんもまた眼福。こちらに近付くにつれ、ドキドキと心臓が暴れ出した。

こんな素敵な人が恋人って夢じゃないよね？

「どうした？　ぼんやりして」

「いや、なんでもないです」

「そうか、ならいいが。千咲、今日は一段と可愛いな」

「ひえっ！」

急になにを言うの、この人は。

真っ赤になってなにも言えなくなった私を、一成さんは可笑《おか》しそうに笑った。

一成さんの方がかっこいいんだから。

……とは恥ずかしくて言えなかったけど。

「一成さんはドリームランド行ったことありますか？」

「いや、どんなところか知ってはいるが、遊びに行くのは初めてだ」

「そうなんですね。私は高校生の時以来だから、七年ぶりくらいかなぁ」

今日のためにガイドブックも買ってしまった。

横並びの座席に座り、肩を寄せ合うようにガイドブックを捲《めく》る。

「どのアトラクションも人気だから、効率よく回らないと。食事の時間は少しずらすといいかもしれないです。あと、お土産は先に買ってロッカーに預けちゃいましょう」

意気込んで説明すると、一成さんはククッと笑いを押し殺した。

「職業病か？　秘書の能力を最大限に発揮している気がするが」

「はっ！　こんなところで発揮できるとは思いませんでした。時には役立ちますね、私」

「いつもとても役立っている。感謝しているよ」

くっと頭を寄せられ、額《ひたい》に軽くキスが落とされる。

ほんの少し触れただけなのに、そこから熱が全身に広がっていくようで私は落ち着かなくなった。


私の提案した計画通り、まずはお土産屋さんを巡る。

園内はそこかしこにハロウィンの飾りつけがされ陽気な音楽が流れていて、そこにいる全てのゲストのテンションを上げていっているようだ。

「可愛い～！」

目に入るもの全てが可愛くて思わず口から出てしまう。

ハロウィンの時季だからか、カボチャや魔女、おばけの被り物を被っているカップルがたくさんいた。

あれは羨ましいと感じる。

普段はあんな格好は恥ずかしくてできないけど、ドリームランドは夢の国なのだ。ドリームな魔法にかかっちゃうアイテムがたくさん売っている。

私たちも……と思い一成さんを見ると、一成さんは首を傾げた。

「なにかほしいものがあるのか？」

「えっと、これが可愛くて……」

カボチャの被り物を手に取る。

ジャック・オ・ランタンに猫耳がついた、ドリームランド仕様。

「確かに、千咲に似合うだろうな」

うんうん、と一成さんは頷く。

微塵も自分が被るとは思っていない様子だ。

だけど私はこれを一成さんに被ってもらいたい。

「えと、……お願いがあって」

「うん？」

「一成さんも一緒に被ってほしいなぁって」

私の言葉を聞いて、一成さんは一瞬時が止まったように固まる。

「……俺が？」

「お、お願いします」

勇気を振り絞ってお願いしてみると、一成さんの眉間にぐっとしわが寄った。

そうだよね、一成さんの趣味じゃないよね、ていうかそんなキャラじゃないよね。

やはりダメだったかと、「やっぱりいいです」と言おうと思ったのだけど――

「じゃあ千咲が選んでくれ」

「え、いいんですか？」

「その代わり、俺もあとで一つお願いを聞いてもらおう。それでどうだ？」

「お願い？」

首を傾げるも、

「さあ、どれにするんだ」

と急かされる。

「あ、えっと、じゃあこれかなぁ」

私はジャック・オ・ランタンに猫耳がついた被り物。

一成さんは可愛さ控えめのおばけの被り物。

「どうだ？」

すっぽりとおばけの被り物を被った一成さんは、真面目な顔で尋ねてくる。

これはやばい。

イケメンはなにを被ってもイケメンなのね、と感動すら覚えるほど。

「すっごく似合ってます！　かっこかわいいです！」

「そうか。千咲が喜んでくれてよかった」

ふっと笑みを浮かべる一成さんは、おばけの被り物を被っているのにとんでもなくかっこ良くて、見惚れるってこういうことなんだろうなぁなんて、どこか他人事のように考えていた。

園内のメインストリートを抜けると撮影スポットがある。ＳＮＳなどでよく見る場所を見て、ますますテンションが上がった。

「なにをするんだ？」

「写真です！　写真撮りましょう！」

私は一成さんに近寄り、スマホを自分たちの方に向けると手を伸ばす。

あまりこういうのは撮り慣れていないので、距離が掴みにくいし手が揺れる。

「うーん、ぶれちゃうなぁ。もう一回撮ってもいいですか？」

「俺が撮ろう」

反対側から一成さんの手がすっと伸びる。ぐっとスマホが固定され、肩も引き寄せられてこれでもかと言わんばかりに顔が近付いた。

「千咲、笑ってない」

「い、一成さんこそ」

自分から写真を撮ろうとお願いしたくせに、一成さんにくっつきすぎて緊張で笑顔が引きつってしまう。

対する一成さんは、人のことを指摘できないほど普段通りのクールな顔。

「俺は笑っているよ」

「笑ってないですって、もっとこう、口角を上げて笑ってください」

ムニッと一成さんのほっぺたを両手で挟んで上げてみる。ちょっと力加減を間違えたのか、口角を上げるどころか、ただ挟まれただけの顔になってしまい思わず吹き出した。

「ぷっ、あはは！　一成さん面白い～！」

「こら、千咲～！　お前もこうしてやる」

「きゃ～、あはは！」

笑いながらほっぺたを触り合っていると、ふいに聞こえるカシャッというシャッター音。そしてもう一度カシャッという音がしてそちらを見ると、そこにはインスタントカメラを構えた園内のキャラクターの姿があった。

「え……？」

ジーという音とともに、カメラから写真が吐き出される。

『ドリームランドの撮影サービス♪　プレゼントだよ♪』

キャラクターから差し出された写真をおずおずと受け取りながら、そういえば園内にそんなサービスがあると、ガイドブックで読んだ記憶がうっすらとよみがえる。

『引き続きドリームランドを楽しんでね♪』

大きく手を振りながらキャラクターは颯爽と去って行った。

なんだったんだと呆然と見送っていると、もらった写真がどんどん色づいていく。そして現れたのは、笑顔の私と優しい顔をした一成さんだった。

「写真、どうだった？」

「あ、これ。スマホで撮ったより断然いいです。大満足！」

と横を向けば、一緒に写真を覗き込んでいた一成さんと至近距離で視線が絡まる。

あ、と思ったときには口づけられていた。

魔法にかかりまくりの私。

ドリームランド、恐るべし。

夜までめいいっぱい遊び倒して大満足の私は、一成さんと手を繋いで駅までの道のりをゆっくりと歩いていた。

「うふふ、楽しかった〜」

「よかったな」

ご機嫌な私に一成さんは柔らかい笑みを向ける。

結局開園から閉園間近まで、一成さんを連れ回してしまった。

最後まで一成さんはおばけの被り物を被ってくれたし、楽しそうではあったけど、もしかして無理して付き合わせちゃったかなとも思ったりして。

「今日はありがとうございました。いろいろと私に合わせてもらっちゃって……」

「いや、とても楽しかった。また来たらいいんじゃないか？　季節ごとにイベントがあるんだろう？」

「はい、そうなんです！　でも、一成さんはあまりこういうの趣味じゃないかなって思ったりして」

「遠慮することはない。千咲が楽しむものは、俺も一緒に楽しみたいからな」

優しく頭を撫でてくる一成さんは、疲れなど微塵も感じられなくて。そんなことを言われたら、ますます一成さんを好きになってしまうではないか。

「ところで千咲、俺の願いも聞いてくれるか？」

「あ、はい、そうでした」

ドリームランドでキャラクターの被り物をしてほしいというお願いと引き換えに、一成さんのお願いも聞く約束だった。

一成さんのお願い事とは一体何だろう。

「お願いってなんですか？」

そう言って見上げれば、綺麗な顔がまっすぐにこちらを見つめる。

夜空には一番星が輝き、月の明かりがキラキラと一成さんを照らして、魅惑的な雰囲気を醸し出した。

「今夜は帰さない」

魅惑的で誘惑的なその言葉は、まるで魔法のよう。

ううん、私はずっと魔法にかかったまま。

一成さんと一緒にいたいのは私の願いなのに。

微笑んで頷けば、ふっと目尻が下がる。

けれどすぐに、大丈夫か、無理していないかと確認が入った。

お願い事なのにずいぶんと心配症だ。

「ご両親に許可がいるなら俺から電話する。まあ、理由はでっち上げるが」

真面目なのか不真面目なのかわからないけれど、私を思ってくれていることが十分に伝わってきて胸が熱くなった。

私は一成さんと繋いでいる手にもう片方の手を重ね合わせる。

「実は私も、今日はきちんと親に泊まりであると伝えてきたんです。……その、私も一成さんと一緒にいたくて」

はにかんで見せると、繋いでいる手に力が入った。

「近くのホテルに泊まるか、それとも俺の家へ来るか？」

ここはまだドリームランドのすぐ近く。提携ホテルはたくさんある。外観からアメニティまで可愛いキャラクターたちがお出迎えしてくれる大人気の宿泊施設が目白押し。行きの電車の中でもガイドブックでチェックした。

だけど、私は迷いなく答えた。

「一成さんのお家に行きたいです」

……と。

◇

見上げるほど高いそのマンションは、入口の自動ドアからしてまるでホテルのよう。

中へ足を踏み入れれば大きなエントランスが広がり、座り心地の良さそうなソファや高級感漂う大きな花瓶、アロマミストが設置されている。

「……ホテルですか？」

「いや、普通のマンションだが？」

これが普通とか、ありえない。私の知っているマンションじゃない。

今になって思えば、いや、ちょっと考えればわかることなのだが、一成さんは大企業、塚本屋の副社長。片や私は時給で雇われている派遣社員。なんというか、貧富の差が激しい。

あああ、一成さんを好きという想いだけで突っ走ってきてしまったけど、私たちかなり身分の差があるのでは？

今さらながら物怖じしてしまう。私なんかで本当にいいんですか、一成さん！

「なにを遠慮しているんだ？」

「遠慮というか、恐れ多いというか」

「またなにか余計なことを考えている顔だな」

「……そんなことないですけど」

「けど、なんだ？」

「一成さんって副社長なんだなぁって実感していただけです」

「そんなくだらないことばかり考えていていいのか？」

「え？」

「今夜は帰さないの意味、ちゃんと考えておくんだな」

「……はっ！」

そうだった。お泊まりで、しかも自ら一成さんのお家に行きたいってお願いしたんだった。

ただ純粋に一成さんと一緒にいたくて、一成さんのお家にも興味があっただけなんだけど、これって捉えようによっては、私から誘っていることになるのかしら……？

一気に不埒《ふらち》な考えが頭を支配して、ボンッと顔から湯気が出そうになる。

「……くくっ、茹でダコみたいだな。すぐにでも食べてしまいたい」

「ほっ、ほわぁぁぁぁっ！」

「覚悟できてるか？」

「でっでっでっ……できてないですっ！　っていうか、かっかっかっ、覚悟ってっ！」

ドッキンドッキン。

バックンバックン。

もう心臓が壊れてしまいそう。

だってだって、そういうことだよね。

か、体のお付き合いっていうか……京都出張再来というか……ああ、もうなにを言っているの、私は。

「……そんなに動揺されると、なにか悪いことしている気分になるのだが」

「いや、だって、緊張しますっ。一成さんみたいにクールにはいられないですっ！」

「俺だって緊張している」

「うそ……」

「本当だ」

すっと手が伸びてきて髪を梳《す》かれる。

そのまま、一成さんの大きな手が後頭部を包み込みぐっと引き寄せられた。一成さんの胸の中、トクントクンと規則的に聞こえる心臓の音は、まるでメトロノームのように正確で神秘的。

緊張はしているし、羞恥心も死ぬほどあるのだけど、一成さんに見つめられる度、抱きしめられる度、触れられる度、もっともっとしてほしいと欲が出る。

もっともっと深みにはまりたい、その先を知りたいと思ってしまう。

「私……一成さんのこともっと知りたいです」

一成さんのシャツを掴み、勇気を振り絞って伝えると、ぐっと息を飲む音が聞こえた。

「千咲、それは反則じゃないか。俺を煽る天才か。それともただの天然なのか？」

よくわからなくて首を傾げるも、一成さんは甘い笑みを落としてからゆっくりと口づける。

角度を変えながら、何度も、何度も……

時折耳に届く吐息の艶《なま》めかしい音が身体の奥を疼《うず》かせていき、この先への期待と不安で一成さんのシャツの裾を無意識に握った。ううん、もう不安なんてないのかも。

「好きです、一成さん」

「ああ、俺も好きだ」

くっと細められた目は優しさを纏《まと》いながらも、瞳の奥は熱を孕んで艶《なま》めかしい。目が逸らせないほどの強い想いを感じて、ゴクリと喉が鳴った。

「抱いてもいいか？」

「……抱いて……ください」

どちらからともなく絡み合いながら、ふわりとベッドへ沈みこむ。一成さんは、いつも私の気持ちを聞いてくれる。こうして気遣ってくれることが本当に嬉しいと感じる。

「千咲、可愛い。それにとても綺麗だ」

「一成さんこそ、かっこいいです。大好きで……んっ」

貪《むさぼ》るような口づけは、求められていることを実感させてくれるよう。はあっと吐息を漏らすと、その姿すらも愛おしそうに目を細めて満足げに笑みを浮かべる。

一成さんの首に手を伸ばし、引き寄せるように抱きついた。一成さんの爽やかな香りは私の心を落ち着ける安定剤みたい。ずっとこうしていたい。

「千咲？　どうかした？」

「……ずっと一成さんにくっついていたくて」

「すぐそうやって可愛いことを言う」

優しい笑みを浮かべながら、一成さんは私の頭を抱え込むようにしてぎゅうっと抱きしめてくれた。

あったかい。大好きな一成さんの胸の中に包まれて、なんて幸せなんだろう。

「一成さん、私のこと好きになってくれてありがとうございます」

一成さんの綺麗な瞳がまっすぐに私を捉える。

凛々しくて、強いその眼差しに飲み込まれそう。ううん、もうとっくに飲み込まれている。大好きで大好きで、愛おしくてたまらない。

「俺の方こそ、ずっと好きでいてくれてありがとう」

甘くて柔らかい微笑みは、営業スマイルとは違う。会社では見たことがない、私だけに向けてくれる特別なもの。そう思ってもいいよね？

「まさか、抱きしめるだけで満足していないよな？」

「えっ？」

「俺のこと、もっと知りたいんだろう？」

「……知りたい……です……」

くっと、一成さんの口角が上がった。それはとんでもなく魅力的で魅惑的で色っぽくて、この先を期待してドクンドクンと痛いくらいに心臓が高鳴る。まだなにもしていないのに、想像してじわっと下腹が疼《うず》いた。

「千咲のこのライン、好きだな」

ふいに一成さんが脇腹をなぞる。その手の温かさだけで痺れそう。

「あまり、スタイル良くないので……」

「そうか？　俺には十分魅力的だけど」

撫でていた手が背中に回り、ブラジャーのホックを簡単に外した。緩まった隙間から手が差し込まれる。包み込むように触られた胸。その頂がくるりと捏《こ》ねられ「ひゃぁんっ」と小さく叫んで身が捩《よじ》れた。

「もうこんなに勃《た》ってる。千咲はエッチだね」

「や、ちがっ……だって、一成さんの手、気持ちいいから……」

「気持ちいいって、思ってくれてるんだ」

「思って……ます。……もっといっぱい……触ってほしい……です」

「ああ、もう、本当に、余裕がなくなる。壊してしまいそうで怖いな」

髪を掻《か》き上げる一成さんは苦しそうに眉根を寄せた。

そんな表情もまた魅力的で、なんて綺麗なんだろうと見惚れてしまう。

「私、一成さんには……」

「なにをされても、いいんだったか？」

低く甘い、掠《かす》れた囁きが鼓膜をぶるりと震わす。

なにをされても……うん、大丈夫だと思える。だって一成さんはいつも優しい。出会ったときから優しくて、再会してからもやっぱり優しくて、今だってこんなにも柔らかな眼差しで私を見てくれるのだから。

「私、一成さんのこと信じてますから」

「だったら、最高に気持ち良くなってもらわないとな」

「えっ？　ひゃんっ！」

そう言って両腕を頭の上で纏《まと》められる。シャツがたくし上げられて肌があらわになり、一成さんから見下ろされる形になった。見られていることを感じ、羞恥で目を背けたくなる。

「ああ、綺麗だ。とても綺麗だよ、千咲」

つーっと肌に触れながら、一成さんが覆い被さってくる。唇が近付きそうっと目を閉じた。

ねっとりとしたキスはゆるりと唇を離れていく。名残惜しさを感じていると、今度は瞼《まぶた》に落とされるキス。頬に、鼻に、耳たぶに、そして首筋へと移動していく。

「んぅ……」

「千咲は首も弱いんだね」

ちろりと舐められ、くすぐったさに「あぁっ」と身体が捩《よじ》れた。

「可愛い反応だな。ずっと見ていたい」

「やん、恥ずかし……ひゃっ」

胸の上までたくし上げられていたシャツが脱がされる。頭からすっぽり抜かれ、万歳した格好で衣服が手首で止められた。あらわになった両胸を隠すこともできず、まるで縛られているかのよう。

「や、やだっ、一成さん、恥ずかしい」

「嫌？　でもすごく綺麗だし、千咲も感じているだろう？　もうほしそうになってる」

「やんっ、そんなんじゃ……ぁあんっ」

脇のあたりをつーっと撫でられる。身体がビクンと跳ねて無意識に両膝を擦《こす》り合わせていた。

「そんなんじゃないのか？　俺はもうこんなになってるよ」

一成さんの下半身が擦《こす》りつけられる。まだ全てを脱いでいないというのに、硬く大きくなっているのがわかるくらいに熱く膨れ上がっている。

私みたいな貧相な身体でも興奮してくれるんだと思うと、嬉しくなった。求めてもらえるのが幸せで胸がいっぱいになる。

さわさわと撫でていた手が胸を揉みしだき、先端をくりくりと捏《こ》ねる。同時に、身体中にたくさんのキスが降り注いだ。

「あっ、あぁんっ、はぁんっ」

時折じゅっと熱い痛みが走る。

はぁ、はぁ、と呼吸が荒くなった。

「千咲は俺のものだって証拠をつけておかないと」

あちこちに散らばる紅い花。胸にもお腹にも太ももにも、パクリと食べられたかと思うと、じわっと独占欲の証が付けられていく。

くっとショーツに手をかけられたかと思うと、あっという間に脚から抜かれた。ぐっと太ももを持ち上げられ、左右に開かされる。

「千咲のココ、すごいことになってる」

「ええっ、や、やだっ。見ないでください」

「どうして？　とても綺麗だよ」

脚を閉じようとしても、一成さんの身体がしっかりと間にいて閉じられない。手首はシャツが絡まったまま、抜こうと思えばできるのに、まるで捕らえられているかのように身動きができない。

一成さんにくまなく身体を見られて、羞恥なのか興奮なのか、ぶるぶると身体が震える。

とろりとした液が流れるのがわかった。

「い、一成さん……」

「我慢できなくなった？」

「ぅうっ……」

「でもまだダメだ。もっと気持ち良くなってからじゃないとな」

「え……ひゃあっ、んっ、ふぁっ……」

一成さんは私の股の間に顔を埋めると、蕾《つぼみ》の部分をチロチロと舐め出した。初めての感覚に腰がヒクヒク動く。けれど両手で脚を固定させられて逃げ場がない。

「やっ、あっ、一成さ……ダメっ……恥ずかし……ひゃぁんっ」

舌で上下に舐められる感覚は、指とはまた違う。温かな舌がチロチロと、強弱をつけながら蕾《つぼみ》を弄《もてあそ》び、得《え》も言われぬ快感がどこか深い奥の方から湧き上がってくるみたいだ。

「あんっ、ぁあっ……はぁんっ……」

「千咲のココ、美味し」

ぺろりと舌舐めずりをする一成さんの目がギラリと揺れた。まるで獰猛な野獣に食べられているみたい。逃げたいような、もっと食べてほしいような、揺れ動く感情に戸惑う。

つぷり、と指が差し込まれた。

「あっ、んくっ……」

くちゅくちゅと淫らな音が耳に響く。ナカを抜き挿《さ》しされながらツンと存在感を現した蕾《つぼみ》を指の腹でくるくると捏《こ》ねられた。

同時に攻められることに頭が真っ白になりそう。勝手に浮き上がる腰がブルブルと震える。

「あぁぁぁっ！　やっ、だ、ダメっ！　イッ――」

「イキそう？　千咲の感じてる顔、たまらないな」

「んっ、ぁあっ……ひゃぁんっ、ダメっ、あぁっ！」

背が仰《の》け反《ぞ》りどこかへ飛んでいってしまいそうな私を、一成さんのたくましい腕がぎゅうっと抱きしめる。一成さんの腕の中でビクンビクンと跳ねるけれど、秘部で動かされている指が止まることはない。

「いっ、せいさ……ダメっ、また、イッちゃう、から……！」

「またイッていいよ。何度だってイッて気持ち良くなって。千咲のこと、可愛がりたい」

「やん、あぁっ、はぁぁんっ……イクっ――！」

頭の上にあった手はいつの間にか衣服から抜けて、一成さんを求めてさまよう。ようやくたどり着いた一成さんの背中をぎゅううっと抱きしめた。

はぁ、はぁ、と肩で息をする私の頭を、一成さんは優しく撫でてくれる。

「まだ満足されては困るな。もう少し頑張れる？」

一成さんは私の手を取り、自分のボクサーパンツの上まで誘導する。硬くて熱い昂《たかぶ》りが、今にも弾けそうなほどにパンパンに膨れ上がっていた。

「はい、一成さんの……ほしいです」

くっと目を細めた一成さんはペリッと四角い包みを開け、素早く避妊具を装着する。私の秘部にあてがったかと思うと、ズプリと最奥まで挿《さ》し込んだ。そのままゆっくりと壁を擦《こす》るように抜き挿《さ》しする。

「――くっ、キツ……。そういえば、千咲は、俺のペットになりたいんだったか」

「あん……な、なりたい……んくっ、ペ、ペットみたいに、ぁあん、……可愛がられた……あぁんっ……い」

ズンズンと子宮に響く振動。

思考を奪っていく快楽の波が押し寄せる。

「んんっ、あぁっ……わ、わたし、もうっ――」

「ああ、俺もっ。千咲、イクよ――」

ぱちゅんぱちゅんと腰を打ちつける音。

ぬちゃぬちゃと擦《こす》れ合う蜜液の音。

甘い吐息に混じった、くちゅりという唾液の絡む音。

全てが愛おしい、二人だけの特別なもの。

なんて幸せで満たされる、尊いものなのだろう――


果てたあと、一成さんのベッドに二人で転がる。頭を撫でてくれる、その手がとても気持ちがいい。満たされた気持ちのまま、一成さんの肌に寄り添う。

「千咲は本当にペットみたいだな」

「……ペットみたいに、可愛いと思ってくれてますか？」

「それはそうなんだが――」

一成さんはぐっと頭を起こす。

私の身体中に付いている紅い花を愛おしそうに撫でた。

「千咲は俺の癒やしだ」

「癒やし？」

「ペットって、可愛がるだけじゃなく癒やしをくれる対象だろう？　まさに千咲そのものだな」

はっと気付かされる。

そうか、そういうことなんだ。ご主人様を癒やしてあげるのもペットの役目。それでいいんだと自信が持てるようだ。

ペットの意味を深く知る度、私はやっぱりペットでいいんだと思えてくる。むしろ一成さんのペットでありたい。

「私、一成さんのこと、癒やせてますか？」

「ああ、とても」

「そっか、よかった――」

ちゅうっと唇が塞がれた。甘くて優しいキスに溺れそうになる。

そうっと離れた唇が、耳元で囁く。

「愛している」

鼓膜を震わす甘く低い声に、心も身体も全て持っていかれた。

それがとても嬉しくて幸せで、胸がいっぱいになって涙が出そうになった。

「ちょっと開発部に行ってきますね」

第八章　ずっと一緒にいたい

仕事中、副社長室の一成さんへ一言断りを入れると、ぐっと眉間にしわが寄った。

「高田のところか？」

「はい、先日のお礼もしてませんでしたし、高田さんにお土産も買ったので」

私は先日一成さんとデートしたドリームランドの紙袋をかざして見せる。京都出張の際、高田さんにはいろいろとお世話になったのでなにかお礼をと思っていたのだ。

「一人で大丈夫か？」

「ん？」

「いや、あいつ言葉がきついからな、千咲が嫌な思いをしないか心配なんだが」

確かにちょっと当たりが強かったりもしたけれど、もうお互い最初の印象からは脱している。あれから会ってもいないし連絡も取っていないけど、きっと大丈夫だと思った。

それよりも一成さんが高田さんとの関係を気にかけてくれていることが嬉しい。

「大丈夫ですよ。心配性ですね」

「当たり前だ。俺はいつだって千咲を心配している」

頭をわしゃわしゃと撫でられて、くすぐったい気持ちになった。

高田さんに苦手意識はあって今も得意とは言えないけれど、京都出張でお互い少しは理解し合えたんじゃないかなと思うのだ。

私の思い込みかもしれないけど。


開発部は別の階にあり、入口で相手を呼び出す形だ。秘書部が入っている階とは雰囲気が違い、少々無機質なデザインに緊張する。

しばらくすると白衣を着た高田さんが知的オーラを纏《まと》わせながらやってきた。

「こんなところまでどうしたの？」

「お疲れ様です。あの、先日はありがとうございました。京都出張のとき……なんですけど」

私はドリームランドの紙袋を差し出す。

高田さんはきょとんと目を見開いてから、すっと私の手から紙袋を抜き取った。

「別に気にしないでくれてよかったんだけど。でも、せっかくだしありがたくいただくわ」

もしかしたら受け取ってくれないことも想定していて、だけどわずかに微笑んでくれたので私はほっと胸を撫で下ろす。

「あの、それと、この前のイベントのレポートを書いたんですけど、よかったら読んでもらえませんか？」

「私が？」

「はい、私も塚本屋に貢献したいと思って、あのイベントに参加させてもらったので……」

それでたくさん調べて聞いて書いて、あの時学んだことはレポートにし、すでに一成さんに提出済みだ。

それだけで終わるつもりだったのだが、時東さんとコラボ商品の話をしたときに後押しもあって、開発部である高田さんにもレポートを読んでもらえないかなと思ったのだ。

「ふうん、良い心がけじゃない。なにか収穫でもあったのかしら？」

「収穫というか、感想が大半なのですが、えっと、思ったのは塚本屋のお茶といろいろな商品でコラボしたらいいのになぁとか、そんな感じのことで……」

「あら、面白いわね、その話。コラボなんて前々からあるけれど、最近はあまり力を入れていないもの。考えてみるのもいいかもしれないわ」

高田さんはうんうんと頷く。

案外すんなりと受け入れてもらえたのが嬉しくて、私は肩の力が抜けた。

「あの、じゃあ、またあとでメールを送るので……」

「わかったわ。ところで、ドリームランドは誰と行ったの？」

「えっ？」

ドキリと心臓が脈打つ。

高田さんはスクエア型の眼鏡をクイッと上げ、視線を鋭くした。

「ねえ、もしかして一成さんじゃないでしょうね？」

「あ、えっと、えっと、……はい、そう、です」

嘘をついても仕方がないので、正直に小さく頷く。すると眼鏡がずり落ちんばかりに高田さんが前のめりになった。

「マジで？　あなた本当に一成さんとデキてるの？」

「で、デキてるって⁉」

「あーこれだから一成さんの秘書になる奴は嫌いなのよ。すぐそうやって恋煩《わずら》いをするんだもの」

「……は、はあ。なんか……すみません」

「別に。一成さんが迷惑してないならそれでいいけど。ほんっとに、会社ではわきまえなさいよ」

「わ、わきまえてますよっ！」

思わず叫ぶように反論してしまった。

だって、わきまえてないのは一成さんの方だもの。

……と思いつつも。

……流されてしまう私も同罪かもしれない。

こっそりとちょっと反省。

「それにしても、一成さんとドリームランド、想像つかないわね」

「あ、ははっ……」

高田さんはうーんと想像している様子。

そうなんだよね、クールな一成さんとポップでメルヘンなドリームランドが結びつかないの、私もよくわかる。けれど、お化けの被り物を頭から被った大真面目な一成さんの姿はそれはもうたいそう眼福で。

かっこいいのに可愛くて。

可愛いのにかっこ良くて。

……これは高田さんには秘密にしておこうと思った。

ちょっとした嫉妬心なのかもしれないけれど。

◇

十二月に入ると師走というだけあり、急に慌ただしくなった。特に中旬からは年末のご挨拶と称して訪問のアポが増える。それらの調整やご案内、はたまた海外企業向けのクリスマスカードなども手配しなくてはならず、秘書部はあくせくと働いていた。

街はイルミネーションに包まれ、そこかしこにクリスマスの飾り付けがされて大層賑わっている。

冬は陽が落ちるのが早く、定時である十八時前だというのに外はもうすっかり暗い。執務室からはまるで展望台からの夜景のごとく、外の明かりがキラキラとよく見えた。

副社長室での来客対応を終えて片付けをしていると、珍しく一成さんがため息を吐いた。

「どうしたんですか、ため息なんて吐いて」

「いや、街は浮かれ気分なのに俺はなにをしているのだろうと思ってな」

「今日も立派にお仕事されてますよ」

「そうじゃなくてだな。うん……」

物思いに耽《ふけ》っているのだろうか、顎に手を当て考え込んでしまう。

なんだか一成さんらしくなくて私は首を傾げた。

「なにか心配事でもありますか？」

「千咲は……俺に不満はないのか？」

「はい？」

突然なにを言い出すのかと思えば、一成さんは外に向けていた視線をこちらに寄越す。

不満なんてあるわけがない。こんな素敵な人が恋人で、少し前にはドリームランドにも付き合ってもらって。どちらかというと幸せいっぱいで、一成さんの方こそ私に不満があったりしないかと気になってしまうけど。

「不満なんてないですよ」

「そうか。だが俺は不満だな」

間髪入れずにそう言われて、ドキッと心臓が嫌な音を立てた。幸せを感じていたのは私だけで、一成さんにとってやはり私では釣り合わないのかもしれない。

そう考えたとたんサーッと血の気が引いていった。付き合ってみて、やっぱり違ったとかそんな風に思われたのだろうか。

はあ、と不機嫌なため息が聞こえて、一気に不安な気持ちになる。

私、一人で浮かれていたのかも……

「あ、あの」

不満をあらわにされてどうしようもなく、一成さんからの次の言葉が紡がれるのが怖くて、私は立ち尽くしたまま。一成さんは無言でこちらに近付いてくる。

じっと時を待っていれば、一成さんの綺麗で長い指がそっと私の頬に触れた。苦しそうに歪む顔は、私を切なく、それでいて甘く見つめる。

「……千咲と過ごす時間が少なすぎる」

「……へ？」

「俺はもっと千咲と一緒にいたいというのに」

「えっ？　えっ？」

「千咲はそのことについて不満ではないのか？」

不満ってそういうこと？

自分の考えとまったく違って、適切な答えが浮かんでこない。そう言われても、不満なんて考えたこともなかった。男女のお付き合いなんてなにが正解か知らないし、ただでさえ一成さんは忙しい身。それは、秘書である私がよくわかっているから。

だから、休日に会えなくたって仕方がないことなんだと自然と受け入れていただけ。仕事中はあまり会うことがなくても、毎朝のモーニングは欠かさないし、こうして会議や打ち合わせが終わったタイミングで会えたりもする。

そんなささやかなことで十分嬉しかったのに。

「ものわかりが良いのも困りものだな」

「そういうわけじゃないですけど……」

「けど？」

「だって、一成さんは忙しいってわかっているし」

「忙しいからこそ、千咲に会いたいし触れたい」

「で、でもお仕事で疲れているでしょう？」

「だから千咲に癒やされたい」

じりじりと距離を詰められ後退《あとずさ》りすると、トンッとソファに足がぶつかり、バランスを崩す。ぐいっと腕を絡め取られ、そのまま一成さんの胸の中に捕らえられた。

「いっ、一成さんっ」

「お前はいつも危なっかしい。初日を思い出すな」

「あ、あのときも転びそうになりましたけど、じゃなくてっ」

「どうした？」

「あ、あ、あの、勤務中ですからっ」

わきまえてほしいし、わきまえろって各方面から忠告されているのに。しかも一成さんは自ら
「わきまえている、当たり前だ」って言うのに。これは絶対にわきまえていない。

「ちゃんとわきまえている。これは千咲が倒れそうになったから支えただけだ」

「そんなっ」

そんなのただの言い訳だし、むしろ言い訳にもなっていないような気がするのだけど。

ああ、と一成さんは小さく声を上げると、勝ち誇った顔で私を見つめた。

「十八時過ぎた。終業時刻だ。勤務終了だな」

甘い笑みをこぼしたと思いきや、そのまま唇が重ねられた。

そんなのこじつけでしかなくて、自分勝手で卑怯なのに、ちょっと嬉しいと思ってしまう自分もいて、本当に困る。

「も、もう、誰かに見られたらどうするんですか。副社長なんですから、ちゃんとしてください」

「千咲との触れ合いが少ないのがいけないと思う。そうは思わないか」

「そ、それは……」

「もっと会いたくないか？　もっと触れ合いたくないか？　そう思っているのは俺だけか？」

「え、えっと……」

「このままだと仕事に支障が出かねない」

「いやいやいや……」

「千咲が足りない」

「一成さんっ」

咎《とが》めるように言うと、一成さんはあからさまにしゅんとする。まるで子犬みたいな表情が可愛らしくて思わず笑ってしまった。クールな一成さんでもそんな顔するんだと思ったら、なんだか貴重なものを見ている気分になる。

こんなの、一成さんの方がペットみたいじゃないか。

「もう、そんなにがっかりしないでください。いつものクールさがなくなっていますよ」

「千咲の前では余裕がなくなる」

「……そんな一成さんも、その、好きですよ」

一成さんはぐうっと唸《うな》ると、抱きしめていた私を解放し、どっかりとソファに腰を下ろした。

「ど、どうしたんですか？」

「平常心を取り戻している」

「平常心……？」

「千咲が煽るのが悪い」

「ええっ？」

「その無自覚で天然なところが罪深い」

「いや、え、天然？」

はああ、と、一際大きなため息とともに「千咲は俺がどれだけ我慢してわきまえているかわかっていない」と叱られてしまった。


給湯室で洗い物を終える頃には、一成さんはいつも通りクールな顔でパソコンに向かって仕事をしており、先ほどまでのわちゃわちゃをまったく感じさせないくらいに静かだ。私なんて、まだ抱きしめられた余韻が残って内心ドキドキでいるというのに。その切り替えの早さはなんなのだろう。

「……お先に失礼しますね」

副社長室のドアに手をかければ、「待て」と止められる。

「ここはどうだ？」

モニターをくいっとこちらに向けられる。なんだろうと首を傾げながら近付くと、モニターにはとても豪華で美味しそうな料理の写真とともに【クリスマスディナー】とキラキラとした文字が表記されていた。

「クリスマス？」

「もちろん一緒に過ごすよな？」

「えっ、いいんですか？」

「いいに決まっている。そこで遠慮する意味がわからない」

「いや、遠慮っていうか。だってその日は平日だし、仕事があるし」

「お互い定時で上がればなにも問題ないだろう？　それとも有給休暇を使うか？」

「い、いえいえいえ、休暇は取りませんよ。だってその日は表敬訪問の予定がたくさん入っているじゃないですか」

「これだから優秀な秘書は困る」

そう言いながらも全然困った口調じゃない、むしろ楽しそうな一成さん。

ていうか、仕事をしているのかと思ったらなにを調べているの。

「仕事してたんじゃなかったんですね」

「言っただろう。千咲が喜ぶ顔が見たいと」

「……すっごく嬉しいです」

「そうか」

はにかみながら微笑むと、くしゃっと頭を撫でられた。

◇

普段であれば冬の冷たい空気は少々寂しさを感じさせるところ、今日ばかりは街全体が浮かれ気分になっているような、そんな錯覚を起こす。イルミネーションに溢《あふ》れた街にはたくさんの人々が行き交い、至る所の店舗から陽気なクリスマスソングが流れている。

そんなクリスマス当日。

普段、就業時刻などあってないような一成さんが本当に定時で帰れるのかと不安になったのだけど、信じられないことになんと私よりも先にパソコンの電源を落としていた。

追いかけるようにして私も退社したのだけど……

会社のビルを出たところで待っているシルエット。スラリとした体躯はそこに立っているだけでオーラが漂う。ドキンと心臓が揺れた。

「お待たせしました」

「いや。じゃあ行こうか」

くっと微笑まれて、ときめきで思わず顔が上気する。自然に手を繋がれて、頭から湯気が出そうになった。

手、ててて手を繋ぐの？

温かみを実感すると、気が気じゃなくなる。だって、どこで誰に見られるかわからないのに。

「一成さん、あの、手を……」

「なにか問題でもあったか？」

「ありまくりです。会社の人に見られたらどうするんですか」

「その時は見せつけてやればいい」

「や、でもっ……」

「もう仕事は終わった。今からは二人の時間だ。誰にも邪魔はさせない。それとも千咲は俺と手を繋ぐのが嫌だったか？」

「……嫌じゃないです」

そういう聞き方は卑怯だと思う。

一成さんは繋いでいる手を自分のコートのポケットに押し込んだ。ぐいっと引かれて一成さんに急接近し、ドキッと心臓が跳ねる。

「この方があったかいな」

降ってくる言葉は甘くて、繋いでいる手だけじゃなくて体ごとポカポカと温まるよう。嬉しくなって自然と頬が緩んでしまう。私ったら単純だ。

一成さんについてしばらく歩くと、都会の中に急に静寂が訪れた。

緑で囲まれた大きなアーチをくぐれば、そこはまるで隠れ家のような別世界が広がっている。

石畳の道にはポツンポツンとキャンドルが灯り、和洋織り成す幻想的な明かりがなんともロマンチックだ。

「すごく綺麗」

「少しだが、星も見える」

「わあ、本当だ！」

敷地内全体の照明が柔らかい光のためか、いつもより多く星も見える。

キラキラと輝くこの空間は、特別な日にピッタリだ。

「こんなに素敵なお店だなんて。お料理も楽しみです」

「千咲は花より団子だからな」

「む。……否定はしませんけど」

「そんなところも可愛いな」

不意打ちで臆面もなくそんなことを言うものだから、私はただただ恥ずかしくてそれ以上返す言葉がない。

真っ赤になった私を見て、一成さんは楽しそうに目を細めた。

まるでホテルの一室のような個室に案内されると、そこは和モダンなインテリアに暖炉が設置されており、その横には大きなクリスマスツリー。たくさんのオーナメントで彩られキラキラと光るツリーに一瞬で目を奪われてしまう。大きいガラス張りの窓からはライトアップされた庭がよく見え、更にクリスマス気分を盛り上げてくれるようだ。

「一成さん、すごいっ、すごいです！」

「ああ、いいところだな」

「頑張って仕事終わらせてよかったぁ〜」

「今日は誰にも邪魔されたくないからな、スマホの電源は切っておいた」

「え、いいんですか？」

「いいに決まっている」

そっと撫でられる手は優しくて、一成さんの気持ちが伝わってくるよう。

いつも私のことを考えて行動してくれる、その気持ちが嬉しくて、でもそれを上手く言葉にできなくて……

「……えへへ」

照れ隠しで笑えば倍以上の微笑みが返ってきて、ドキドキと鼓動が止まらなくなる。さっきからずっとドキドキしてばかりだ。ときめきが抑えられない。

幻想的なキャンドルで彩られたテーブルにつき、シャンパンで乾杯をした。

柔らかに揺れる灯りが一成さんを照らして、今日はなんだかいつも以上に大人の魅力にあてられている気がする。

整った容姿にすっと通った鼻筋。

意志の強い瞳に意外と長い睫《まつ》毛が綺麗。

座っているのにわかる、スラリと伸びた手足。

これは眼福すぎてずっと見ていられるのでは？　いや、写真を撮っておくべきか。スマホの待ち受けにしたいくらいにかっこいい。

ふいに薄く艶《あで》やかな唇が開かれたかと思うと、「千咲」と甘く響く低音ボイスが発せられて、胸を震わせた。

「どうした？」

「……一成さんがかっこ良くて見惚れていました」

正直に言葉にすると一成さんはぐっと押し黙り、そして口元を手で覆う。

小さく息を吐き出すとわずかに眉尻を下げた。

「……俺はずっと夢を見ているみたいだ」

「夢？」

「千咲とこうして恋人になれるなんて思わなかった」

「えっ！　それは私の方こそっ！」

「俺は千咲のことが好きで好きでたまらないよ」

「なっ、えっ、ちょっ、えっ⁉」

そんな甘い言葉が飛んでくるとは思わず、動揺して持っていたグラスを落としそうになった。

一成さんの瞳が甘く揺れる度、私の心臓はきゅううっと悲鳴を上げる。

そんな風にストレートな気持ちを向けられるなんて、一成さんはシャンパンで酔ってしまったのだろうか。

だとしても嬉しすぎて言葉にならない。

だって、好きで好きでたまらないのは、私の方なのだから。

「……絶対に私の方が一成さんのことを好きです。ずっと一緒にいたいです」

「本当に、千咲は可愛い」

「や、あの、その、……自分ではそう思えないけど、一成さんにそう言ってもらえると、嬉しいです」

自分の顔は平凡でなんの取り柄もなくて自信もないのだけど、好きな人にそんな風に言ってもらえるならこの上なく嬉しい。

じわじわと顔に熱が集まるようで、恥ずかしくなって目線を下に落とす。

先ほど運ばれてきたデザートプレートにバニラアイスが添えられており、スプーンで一口掬《すく》って食べればひんやりとした食感。火照《ほて》った体にちょうどいい。

「また茹でダコみたいになってる」

「い、言わないでください。恥ずかしいんですっ」

「そんなところも可愛くてたまらないよ」

「〜〜〜っ！」

あ、甘いぃぃぃ。

今日の一成さんはいつもより饒舌。

クリスマスだからなの？

バニラアイスよりも甘くてすぐにでも蕩《とろ》けてしまいそうで、心がふわふわと落ち着かない。

もう私たちは恋人なのに、まだまだ一成さんのことを好きになるし、もっと好きになってもらいたいと思っている。

こうして一緒に過ごせる時間がどれほど大切で幸せなものなのか、今ものすごく実感している。

ああ、今日という日が終わらなければいいのに。

ずっとずっと一成さんと一緒にいられたらいいのに。

そう思ったら、先日の一成さんの言葉がよみがえった。

『もっと会いたくないか？　もっと触れ合いたくないか？　そう思っているのは俺だけか？』

あの時は仕事中だったから、深く考えるようなことはしなかったけど。

私だって、もっと一成さんと会いたい。

もっと触れ合いたい。

だけどそう考えてしまうと止まらなくて、今がこんなに幸せだというのにそれだけじゃ満足できなくなる。

自分がこんなにも欲深いだなんて思ってもみなかった。

目の前のプレートはすっかり空になった。デザートまでしっかり堪能してお腹は満たされたけれど、もうこの時間が終わるのかと思うと妙に物悲しくなる。

「どうかしたか？」

顔に出したつもりはないのに、一成さんにはお見通しなのか、顔を覗き込まれた。いつだって心配してくれるその気持ちが嬉しい。

「ううん、一成さんと過ごすと、あっという間に時間が過ぎちゃうなあって思ってただけです」

「それは俺といるのが楽しいって思ってもいいのか？」

「もちろんです。楽しくて幸せで、この時間が終わってしまうのがもったいないというか、名残惜しいというか……」

「そうだな、俺もそう思うよ」

目尻を下げた一成さんは、優しい笑みをこぼす。

一成さんも同じ気持ちなんだと思うと、とたんに胸がきゅううっと悲鳴を上げた。

もう、私、今日これ何度目だろう。

「千咲にプレゼントがある」

「プレゼント？」

私が首を傾げると、一成さんは視線を室内のクリスマスツリーに向けた。

「ツリーの下にたくさんプレゼントが置いてあるだろう？　あの中に一つだけ本物のプレゼントがある。どれだかわかるか？」

「え、どれだろう？」

クリスマスツリーの下には大小様々なプレゼントが置いてあり、それはもちろんこのお店の演出であるオーナメントなのだけど。

ドキドキと胸を高鳴らせながら、私は一つずつ手に取ってみる。持てば空箱だとわかる重さのものは横に置いて省いていくと、小さな箱の明らかに他とは違うずっしりとした重みに手が止まった。

それは四方が十センチほどで、淡いピンク色の包装紙にリボンがかけられている。

「これ……かな？　開けてもいいですか？」

「ああ、もちろんだ」

一成さんの目の前でドキドキしながらリボンをほどいていく。

包装紙を破かないように丁寧に外すと、かっちりとした四角い箱がお目見えした。その箱のふたをそっと開ける。

「……これって」

まるでマトリョーシカのようにもう一つ箱のようなものが入っていて、手に取ればそれはリングケースに見えた。

その重たいふたを恐る恐る開けてみると、キラキラと輝く大きなダイヤモンドが目に飛び込んできた。ダイヤモンドのまわりはピンクゴールドで彩られ、まるで花びらのようなモチーフ。その横にも小さなダイヤモンドが添えられてキラキラ輝いている。

「一成さん、これ……」

震える私の手に載るリングケースから、一成さんはすっと指輪を抜く。おもむろに私の左手を取り、するりと嵌《は》めた。まるで薬指に吸い寄せられるかのように。

一瞬の出来事だったはずなのに、左手の薬指にぴったりと嵌《は》まる様子はまるでスローモーションのようで目が離せなかった。キラキラと輝く指輪は重みがあり、胸にずっしりと響く。私はそれを大事に胸に抱えた。

そして……

「千咲、結婚してほしい」

甘く疼《うず》く一成さんの声色が、柔らかく耳に届いた。

はっとして顔を上げれば、優しい微笑みの一成さんに見つめられていて。

「………はい」

たっぷりと一呼吸置いたあと、頷いた。

そこに迷いはまったくなかった。

ふわふわとした気持ちのまま一成さんと手を繋いで外に出た。

来たときよりも夜が深まり、藍色の闇の中に無数の星が瞬く。

左手の薬指には先ほどの指輪が嵌《は》まり、それを意識するだけで、より一層ふわふわとした気持ちが大きくなる。

こんなに幸せなことがあっていいのだろうかと、とにかく夢心地で、隣に立つ一成さんを見上げた。

「今日はクリスマスだからチャペルが開放されているらしい。行ってみるか？」

「はいっ、行きたいです」

全て一成さんにお任せだったので知らなかったのだけど、このお店は邸宅レストランで、個室での食事は元より併設されたチャペルで結婚式もできるのだそう。

キャンドルで照らされた細い道を少し上がると大きな門が開かれていて、クリスマスリースなどで飾り付けがされている。その先には真っ白なチャペルがライトアップされ、入口は大きく開かれて中から煌々《こうこう》とした柔らかな光が漏れていた。

さほど大きくないチャペルの造りは、繊細でいて荘厳。ひと度足を踏み入れれば、ステンドグラスの輝きがキラキラと降り注ぎ、まるで祝福を受けているような錯覚を起こす。

「一成さん、見てください。床がキラキラしてる！」

「スワロフスキーが散りばめられているのか？　圧巻だな」

「素敵ですね」

「千咲はこういうのが好みか？」

「うん？」

「結婚式をするなら、こういうチャペルがいいか？」

「……結婚式」

「ん？　もしかして自覚がないのか？　ついさっきプロポーズしたと思ったんだが」

「そ、そうでした。なんか夢みたいでふわふわしてて、現実味がないというか」

「だったらもう一度ここで言おう」

一成さんは私の左手を掬《すく》いとる。

一成さんに嵌《は》めてもらった花びらのモチーフの指輪が、いろいろな光に照らされて輝きを増した。

「千咲。名前のとおり、人生にたくさんの花が咲くように、そして千咲の笑顔は花のように可憐で美しいから、この指輪が千咲にぴったりだと思った」

「そうだったんですね。……嬉しいです」

「だからいつも俺の隣で笑っていてほしい。ずっと一緒にいたい。千咲の隣にはいつも俺がいたい。結婚しよう」

「ずっと一緒にいたいのは私の方です。いいんですか？　返品はききませんよ」

「するわけがないだろう？」

「……末永くよろしくお願いします」

「ああ、こちらこそよろしく」

一成さんは私の薬指にキスを落とす。

まるで王子様のような紳士的な振る舞いに、胸がきゅううっと悲鳴を上げた。

少し屈《かが》んだ状態の一成さんの首元に手を回す。

ぐっと引き寄せるようにして、大胆にも自分から頬にキスをした。

「一成さん、大好きです」

ふふっと笑えば、すぐさま甘く柔らかな笑みが返ってきて——

腰をぐいっと引き寄せられたかと思うと、あっという間に唇を塞がれた。

それはとても甘くて濃厚で。

いつまでもそうしていたいと思えるほどの幸せな時間だった。

エピローグ

時計の針が終業時刻を告げる、十八時。

本日の業務を終えて帰り支度をしていると、「千咲、ちょっといいか」と会議から戻ってきた一成さんに声をかけられた。

「あ、はい」

タッチの差でパソコンをシャットダウンしてしまったので、手帳とペン、スマホを持って席を立つ。

「うわ、この時間に声かけるとか、一成くん相変わらず鬼ね」

時東さんがしかめっ面をし、まわりの社員さんもご愁傷様という哀れみの目をしている。私は帰るであろう皆さんに「お疲れ様です」と曖昧に微笑みながら挨拶をし、いそいそと副社長室へ入った。

パタン、と扉が閉まるなり腕を引き寄せられて、一成さんの胸の中にぽすんと収まる。あっと息つく暇もない。

「……一成さん」

咎《とが》めるように胸を押し返すけれど、抱きしめる力は強くなるばかり。

「少しだけ。もう就業時間外だから、いいだろう？」

確かに定時の十八時は超えた。でも、そうじゃない。

「良くないです。社内ではわきまえてください」

「……真面目だな」

「一成さんが不真面目なんです！」

鼻息荒くツンと突っぱねると、ようやく解放してくれた。わきまえてと指摘しておきながら、一成さんの腕が離れていくのが恋しい……

って、流されてるぞ、私。

「それで、なにか御用でしたか？　緊急の仕事でも？」

手帳とペンを準備して指示を待っているにもかかわらず、一成さんはモデルみたいに長い手足をソファに投げ出した。行儀が悪いのにかっこ良く見えてしまうのはなぜなんだろう。

「特になにもないが？」

「えっ？」

「今日は忙しかったからな、千咲で癒やされたい」

クールな一成さんの口から、甘えた言葉が溢《あふ》れる。それがなんだか可愛らしくて愛おしい。きゅんっと心臓が悲鳴を上げてしまう。

仕事じゃないのに副社長室に呼びつけるとか、わきまえてないにも程があるというのに。定時の十八時は過ぎたから、その辺はわきまえているなんて、そんなの屁理屈でしかないのに。それでも許してしまう私も甘いのかもしれない。

手招きされて近寄るとぐっと手を引かれ、私もソファにぽすんと座った。

わきまえてと注意したからか、今度は抱きしめてはこない。ただ手を繋ぐだけ。

「結構我慢してる」

「ここではなにもできませんよ」

「困ったな」

真剣な顔をして言うものだから、可笑《おか》しくなって思わず吹き出す。

一成さんったら真面目なのか不真面目なのか、よくわからない。まわりからは仕事の鬼だって言われてるのに、私の前ではこんなにも甘えん坊だもの。

私だって一成さんとたくさん触れ合いたい。でも触れ合うのはここじゃない。甘えるのは私と二人っきりのときにしてほしい。

「もうすぐ一緒に住むんですから、仕事は早く終わらせてお家でゆっくり……がいいです」

「ぐうの音も出ないな」

一成さんがふっと眉尻を下げる。

顔を見合わせると、クスクス笑った。

私たちはこの春、結婚することが決まった。

一成さんの婚約者役を務めたときに、取引会社の社長さんに結婚はいつかと聞かれて、一成さんが高らかに宣言した言葉。

『年明けにでもできたらいいですね』

その言葉を忘れていなかった一成さんは、すぐに結婚に向けて動き出したけれど、さすがにそんな上手く事は運ばず、仕事を調整してようやく春に結婚できることになったのだ。

それでも、クリスマスのプロポーズのあと年が明けてすぐ、一成さんはうちの両親に挨拶に来てくれた。手土産はもちろん塚本屋自慢のお茶のお菓子。

「一成さん、手土産多すぎないですか？」

たぶん塚本屋で販売しているお茶菓子セットの一番高いやつ。それに加えてロールケーキやほうじ茶ゼリーなども、ずっしりと紙袋に入っている。

「え、これでもまだ足りないかと思ったんだが」

「食べきれないですよ」

「大事な娘さんと結婚させてくださいとお願いに行くのだから、これじゃ足りないだろう？」

「大げさですよ。それにそんな大事な娘じゃないだろうし……」

むしろ厄介払いできていいんじゃないかな。就職浪人もしたし、就職しても派遣社員だし、いまだに家に居座ってるし。

考えると憂鬱な気分になってくる。

両親になにを言われても、私は一成さんと結婚するつもりだから負けないようにしなくちゃ。

ふん、と拳《こぶし》に力を入れる。自分の実家へ向かうだけなのに、なんだかもう疲労感でいっぱいだ。

横目で一成さんを見遣《みや》れば、これから結婚の挨拶をするだなんて思えないほど涼しい顔をしている。

「一成さんって緊張しないんですか？」

「しているが？　そう見えないかな？」

「見えないです」

私一人が胸に手を当て大きく深呼吸し、意を決して玄関を開けた。


まさか娘の結婚相手が大企業塚本屋の副社長だなんて、誰が想像しただろうか。私ですらいまだに信じられないのに、両親の驚きたるや半端なかった。

「塚本屋の副社長って、あの塚本屋？」

「もしかして京都出張のときの、副社長さん？」

あっ、やばっ。お母さん、京都出張のこと覚えていたのね。あの時は嘘をついて一泊してしまった。一成さんが電話で説得してくれたわけなんだけど……

「その節は、仕事で千咲さんにご迷惑をかけてすみませんでした。急な宿泊をお許しいただきありがとうございます」

お得意の営業スマイルでうちの両親を懐柔していく。お母さんなんて「あらまあ」なんてぽっとしているし。

それでも正直、私は反対されるかなと内心ビクビクしていた。身分をわきまえなさいだとか、家事もろくにできないくせにとか、そんなことを言われるんじゃないかって。それは自分が一番よくわかっているからだ。

だけど――

「千咲は自慢の娘なんです。どうかよろしくお願いします」

両親が頭を下げる。その光景がまるで非現実的で……

いつだってお姉ちゃんと比較されて、もっと頑張れって言われてきた私にとって、衝撃が大きすぎた。

私のことを自慢の娘、だなんて。

これは夢？　夢なのだろうか。

「自慢の……娘……なの？」

思わず口をついて出た。

私の言葉に、両親はふっと笑みをこぼす。

「当たり前だろう」

「千咲が頑張ってるの、ちゃんと知ってるわよ」

急に突風が吹いて視界が開けた気がした。胸を吹き抜けていくその風は、積年の黒いモヤを浄化させてくれるよう。

そういえばいつだったか、一成さんが教えてくれた。

『親は近くにいるとうざったく感じるかもしれないが、離れて初めてわかるありがたさもある。それにいろいろと言ってくるのは心配の裏返しだ』

あのときは、そうなんだろうかって半信半疑だったけど、今まさにその言葉を実感している。両親の想いがひたひたと浸透してきて、胸が痛いほどにぎゅうっと締めつけられる。

お父さんもお母さんも、私のこと大事に思ってくれてたんだ……

目頭が熱くなり鼻の奥がツンとする。自分が両親に対してこんな感情を抱くなんて、思ってもみなかった。それもこれも、一成さんが教えてくれたことだ。

きゅっと、一成さんの手が私の手を握る。視線が絡めば柔らかく微笑んでくれる。それだけで幸せで、なんだかもう泣きそう……

「まだまだ未熟者ですが、千咲さんとこれからの人生を歩んでいければと考えております。それに、本当に千咲さんは私にはもったいないくらい素敵な方です。精一杯、幸せにします」

「一成さん、私の方こそ……」

私の方こそ、一成さんのことを素敵だと思っているんですよ。一成さんのこと、幸せにしてみせます……と言いたいけれど、胸が詰まって言葉が出てこない。代わりに視界がゆらりと揺れてぽろりと涙が溢《あふ》れた。

「千咲、幸せなのね」

お母さんに尋ねられてコクコクと頷く。こんなの、幸せ以外なにものでもない。

「いい人に出会えてよかったな」

ふっと優しい笑みを浮かべた両親。初めて受け入れられたような、そんな気持ち。素直に嬉しい。

今までのもやもやも全て吹き飛んでいく。

清々しい気分で、これからの人生は一成さんと歩んでいくのだと、気持ちを新たにした。

◇

塚本家ではご両親と夏菜がリビングに勢揃い。

私が挨拶を口にする前に、夏菜の口が開く。

「いや、ないわ。お兄《にい》と結婚するとか、ない。千咲、お兄《にい》に騙されてるのよ」

それはもう、声を大にしてキッパリと言い切る。

信じられない、と夏菜の可愛い顔がこれでもかと歪んだ。

「なんで。一成さん優しいのよ」

「千咲ってモノ好き〜」

「もうっ、そんなこと言って。夏菜のお兄さんでしょ」

ぷくっと膨れると、ふいに反対方向から肩を引き寄せられる。

「夏菜は千咲を取られて悔しいんだな」

頭の上からの声に視線を向けると、一成さんがニヤニヤと意地悪そうな顔をしている。そして引き寄せた私を夏菜に見せつけた。

「ぐぎぎ。お兄《にい》め……」

夏菜は拳《こぶし》を握りしめ、悔しそうに睨む。

「夏菜。私は一成さんと結婚するけど、夏菜とは今まで通り親友でいたいよ。いいかな？」

「もう、千咲のそういうとこ、ほんと好き」

夏菜は一成さんから強引に私を奪うと、ぎゅうっと抱きしめた。そして耳元で囁く。

「幸せになりなさいよ」

「うん、ありがと。夏菜大好き」

ぎゅっと抱きしめ返したら、夏菜は勝ち誇った顔をして一成さんを挑発し、「千咲のこと大事にしなかったら許さないから」と啖呵《たんか》を切っていた。

そんな私たちの会話を横でニコニコしながら見ている一成さんのご両親。

はっ、ご挨拶に来たのに、私ったらなんてこと。

慌てて「すみません」と謝るけれど……

「ああ、もう今さら挨拶なんていいのよ。だって昔から知ってる千咲ちゃんだもの。ねえ、あなた」

「そうだな。私はすでに創業パーティーのときに一成から紹介されているし」

と、なんとも寛大なお言葉。

ていうか、そうだった。塚本屋の創業パーティーのとき一成さんの婚約者役をして、なりゆきながらにも社長であるお父さんにご挨拶したんだった。

あの時は婚約者のふりをしていただけだから、お父さんを騙していたことになるけれど。これは黙っておいた方が賢明だろう。ただ心の中は大騒ぎで、嘘ついてすみませんでした、と土下座している。

「うん？　そんな早くから付き合ってたの？　あれ？　そうだっけ？」

夏菜のするどいツッコミにぎくりと肩を震わせたけれど、一成さんが「羨ましいだろう？」と挑発するので、夏菜はムキーッと膨れた。そんな兄妹のやり取りが微笑ましくて、つい声を上げて笑ってしまった。一成さんと夏菜も、つられて笑う。ご両親も朗らかに微笑む。

塚本家に受け入れられることが、とても幸せだと思った。

◇

都会の中に訪れる静寂――

新緑が眩しいこの季節は、冬に見たときと印象が変わる。薔薇のアーチは上品さを醸し出し、大きく開いた花が彩りを添える。石畳の道の先には真っ白なチャペル。

クリスマスにプロポーズされたこの場所で、私たちは結婚式を挙げることにした。

清楚な雰囲気が漂うAラインのドレスには、繊細なコードレースのオーバーブラウスが重ねられている。立体的なフラワーレースは真っ白なドレスの中でも存在感を放ち、細かな刺繍があしらわれた裾は動くたびに可憐にひらりと揺れる。

「綺麗だな」

バージンロードの手前で、一成さんがぽつりと呟いた。

「はい、とても。スワロフスキーがキラキラしていますよね」

あの時は夜で、灯る明かりに照らされた教会はキラキラと輝いて見えた。今日は陽の光に照らされて、ステンドグラスの輝きと相まってまた違う趣きがある。

「それもそうだが、そうじゃなくて……」

「うん？」

「千咲が綺麗だって言っているんだ」

「あっ、あわわ。い、一成さんこそっ」

美しい光沢のグレージュタキシードをスタイリッシュに着こなす一成さんは、まるでどこかの国の王子様みたい。インテリジェンスあふれる佇《たたず》まいは見る人全てを魅了してしまうのではないだろうか。

「素敵すぎてもうダメかも……」

「だったら、ちゃんと俺の腕を掴んでおくんだ」

一成さんは私の手を取り自分の腕にしっかりと絡めた。

キラキラと眩しい聖壇に向かって、一歩一歩、ゆっくりと進む。

盛大な拍手の中、視界に入るゲストの笑顔。おめでとう、という祝福の言葉。今までのことが走馬灯のようによみがえり、嬉しくて胸がいっぱいになる。もう、張り裂けそうだ。

向かい合った一成さんと、誓いの言葉や指輪の交換をする。なんだか、もう全てが夢のよう。だけど左手の薬指に嵌《は》めてもらった結婚指輪の重みが、結婚という現実を嫌でも感じさせる。

私、ついに一成さんと結婚したんだ……

緊張しつつもこの感動が、胸の奥から波のように押し寄せてきた。

ああ、なんて幸せなのだろう。

「一成さん、私、ずっとずっと、ずーっと一成さんが好きでした」

くっと微笑んでくれた一成さんをずっと見ていたいけれど、そっと目を閉じる。私の肩に、一成さんの手が置かれた。そして触れる、甘やかな唇。

誓いのキスはとてもロマンチックで、一成さんの優しさが凝縮されているよう。すっと離れていくその息遣いさえも、柔らかで甘ったるい。

再び視線を交わせれば――

「千咲、愛している」

私だけに聞こえる声でそう言って、一成さんの甘い低音ボイスが鼓膜に響く。

「私も、愛しています」

ステンドグラスがキラキラと輝き、パイプオルガンが鳴り響く。

その神聖な空気はまるで夢のようで、息が止まりそうなほど感動的なものだった。

After Story　二人だけの時間

夕焼けが空と海をオレンジ色に染め上げる、ハワイの美しいサンセットビーチ。

太陽が沈んでいく様子は、息を飲むほど美しい。空の色がピンク色に変わっていくのを、一成さんと手を繋いで眺めた。

「うわぁ、綺麗～」

一成さんは塚本屋の副社長。明日はここで二人だけの挙式をする。

一成さんは塚本屋の副社長。日本でも結婚式をしたけれど、一成さんの立場上、各方面にご挨拶やお披露目をしなくてはいけなかった。私はそれを事前に聞かされていたし覚悟もしていたから、一成さんってやっぱりすごいんだなぁとしか思わなかったけれど、当の一成さんは不満で堪《たま》らなかったらしい。結婚の喜びよりも疲労が先にきてクタクタになってしまったそうだ。

「まったく、時代錯誤も甚《はなは》だしい」

「そうですか？　でもやっぱりご挨拶は大事なことなんだと思います」

「千咲はいつでも真面目だ」

「一成さんは、だんだん不真面目になりましたよね」

「それは褒め言葉としてもらっておこう」

「ふふ、変なの」

私が笑えば一成さんも柔らかく微笑む。

二人の間に流れるそんな穏やかな時間が好き。

結婚式後、一成さんの住んでいるマンションへ引っ越した。ここでいいのかと何度も確認されたけれど、私にはもったいないくらい豪華なマンション。

それに、一成さんの部屋に私の荷物が少しずつ増えていくことが、受け入れられていることを感じさせてくれて嬉しくなるのだ。

「千咲、おいで」

呼ばれて近寄れば、ソファに座っていた一成さんの膝の上に座らされる。そのままぎゅうっと抱きしめられて唇が重ねられた。

「家でゆっくりがいいんだったな」

「はい、だから今すごく幸せです」

自分から一成さんの首に手を伸ばす。二人っきりの空間は、いつもより少しだけ大胆になれるみたい。

「千咲は大丈夫か？　挨拶まわりに付き合わせて悪かった」

「いいえ。結婚式は素敵だったけど、実は緊張しすぎてあまり覚えてないんです」

「そうか……」

手を顎にあて、少し考えるように目を伏せた一成さん。

そんな姿も綺麗だな、なんて見惚れていると、ゆっくり瞬きした瞳とバチッと目が合う。

「もう一度挙式をしようか。二人だけで」

「えっ。それじゃあもう一度、一成さんのタキシード姿が見られるってことですか？　やったぁ！」

「む。それだとまた千咲の可愛らしいウェディングドレス姿が誰かに見られるってことになるな」

「え、二人だけですよね？」

「準備を手伝うスタッフがいるだろう？　誰にも見せたくない。俺だけが堪能したい」

変なところにまで嫉妬心を剥《む》き出しにする一成さん。嬉しいような、大げさなような、ちょっと複雑な気持ち。

「でも、嬉しいです。二人だけの挙式」

「誰にも邪魔されない二人だけの、な」

柔らかな眼差しを向けてくれる一成さんはとんでもなくかっこ良くて、私の胸はきゅんきゅん悲鳴を上げた。

そんな理由で、私たちはハワイに来たのだった。

まとまった休みがいつでも取れるわけではないため、新婚旅行も兼ねている。いろいろな打ち合わせや手続きで、日本での結婚式からずいぶんと日が経ってしまった。

だけど、一成さんとの旅行が楽しみすぎて、出発前は遠足前の子どものようにワクワクして眠れなかった。それが祟《たた》って飛行機の中で爆睡してしまったわけなのだけど。

おかげで飛行機酔いもすることなく、今はすこぶる元気。

「明日も天気が良いみたいだ」

「絶好の結婚式日和ですね」

「思う存分、千咲を堪能したい」

そう甘い視線を向けられるものだから、またもや胸がきゅーんと高鳴る。

「私も、一成さんのタキシード姿、楽しみです」

想像しただけで顔がニヤけてしまう。今でも十分かっこいいというのに、どれだけかっこ良くなるんだろう。日本での結婚式のときは挨拶まわりで忙しかったから、一成さんのタキシード姿を十分に堪能することができなかった。明日は絶対写真を撮ろう。なんなら待ち受け画面にしよう。

「千咲」

「はい」

一成さんの方へ顔を向けた瞬間、くっと顎を持ち上げられて唇を食べられた。

サンセットビーチは夕暮れ時。

まだ人がまばらにいる中でするキスは、開放感に溢《あふ》れている。

「一成さん……ここ、外……」

「誰も俺たちのことを知らないから、いいだろう？」

くっと微笑む一成さんはとても綺麗で、見惚れてしまう。

知っている人はいなくても、もしかしたら誰かに見られているかもしれない羞恥から、私は顔を赤らめた。

この恥ずかしさが、夕焼けのオレンジでごまかせているといいなと思う。


レースがふんだんにあしらわれたドレスの胸元には、小花やグリッターが入っている。ほんの少しピンクがかった色合いは、上品さの中に可愛らしさがあって、優しい印象だ。チュール生地を何枚も重ねたシルエットは、動く度にふわりと柔らかく揺れる。大きく開いた首元はデコルテラインを綺麗に見せてくれた。

一成さんと訪れたショップで、一目惚れしたドレス。一成さんも似合うよって言ってくれたから、今日着るのを楽しみにしていた。

だけどやっぱり――

正面の大きな窓の全面に海が見えるチャペルには陽の光が燦々《さんさん》と降り注ぐ。キラキラと輝くその空間に、眩しすぎるくらいの一成さん。

「……かっこいい」

白のタキシード姿の一成さんは、完璧にかっこいい。というより、綺麗すぎて見惚れてしまう。本当に同じ人間だろうか。

非日常感溢《あふ》れるこの雰囲気に、ふわふわと飲み込まれてしまいそうになる。

誓いの言葉も指輪の交換も、一度は日本での結婚式で経験した。今日もあのときと同じく緊張をしている。でも少しだけ、ほんの少しだけど心に余裕があるみたい。ここには両親や会社の偉い人がいないからだろうか。

一成さんと二人きりの結婚式。とても尊い。

ベールが上げられると、一成さんの顔が鮮明になった。瞳に焼きつけるように見てしまう。うう ん、目が離せないんだ。

「ああ、綺麗だよ、千咲」

とんでもなく優しい顔をした一成さんは、神様みたいに神々しい。

「私、まだ夢を見ているみたいです」

結婚式は二度目だというのに、どうしてこんなにもときめいてしまうのだろう。

「夢なんかにさせない。俺はずっと千咲が好きだったんだからな」

「私の方がずっと好きでしたよ」

この会話、デジャヴかもなんて思ったのも束の間、ふっと微笑む一成さんの綺麗な顔が近付く。

その穏やかな息遣いを胸に感じながら、そうっと目を閉じた。

柔らかく口づけられた誓いのキスは私だけの特別なもの。

二人だけの空間で二人だけの結婚式。

それはとても穏やかで、こんなに幸せなことがあるのだろうかと自然と涙が溢《あふ》れてきて、静かに頬を濡らしていった——

◇

「ああ、このまま千咲を持って帰りたい」

式が終わってウェディングフォトを撮っている中、一成さんが呟いた。

「私はもう少し写真を撮りたいです」

だってスマホの待ち受けにしたいし。一成さんの写真、たくさんほしいもの。あとで一人で見返してニヤニヤするつもり。

「このドレス、とてもよく似合っているけど日本で着なくてよかった。こんなに肌をあらわにした千咲を誰の目にも触れさせたくないからな」

「一成さんにしか見せませんから」

「だけど、今はお預けされている気分だ」

なぜだか少し悔しがる、そんな態度が可愛らしくてくすっと笑ってしまう。いつだって一成さんは私への独占欲を剥《む》き出しにするのだ。それがなんだか恥ずかしくて、でも嬉しい。

「お部屋に戻ったら、ゆっくりしましょうね」

「ゆっくりできるといいな」

少し意地悪そうに微笑む。その言葉とその微笑みに、違う意味が含まれていることはちゃんとわかっている。私だってもう、大人なのだから――


全ての予定を終えてホテルへ戻ったのはお昼もだいぶ過ぎた頃だった。

大きなバルコニーからは青い海が広がり、壮大なオーシャンビューが満喫できる。まるで豪邸のような広い造りのスイートルームには、リビングにダイニング、そしてベッドルームがある。全てにおいて開放感溢《あふ》れたこの空間は、異国の地を感じさせるとともに、ラグジュアリーな気分に浸ることができる。床から天井まである大きな窓は開け放たれて、太陽の柔らかな光が差し込んでいた。

「ようやく千咲と二人きりだ」

「最初からずっと二人きりです」

苦笑すると、余計なことは言うなとばかりに唇を食べられた。貪《むさぼ》るようなキスは私を待ち望んでいてくれたことを示しているようで、ぎゅんと下腹部が疼《うず》く。

「もう、なにをしたって許されるよな」

「なんでもはダメですよ」

「ダメなのか？」

コロンと転がされたベッドの上。程よく体重がかけられて上から見下ろされる。悩ましげな一成さんの顔に男の欲望を感じて、身体の奥が熱くなった。求められていることがわかる熱い眼差し。それがとても嬉しい。

それに最近の私たちは触れ合いが少なかった。二人揃って連休を取るために、毎日怒涛のように仕事をこなしていたのだ。だから、お互い欲していた状態。

「優しくしてくれるなら……なにをしてもいいです」

「そう煽られると、優しくできるか自信がなくなるな」

一成さんは私の頬を手のひらで包むと、舌を絡ませたキスをする。ぴちょっと唾液の絡む音が簡単に脳を侵食し、思考を惑わせた。

「千咲は首が弱い」

「んっ、ひゃぁん……」

「耳も弱い」

「あっ、あぁあっ……」

チロリと舌を這わされる。ぞくぞくとした感覚に身が捩《よじ》れ、一成さんのシャツを握った。

するりと背に手が差し込まれ、ブラジャーのホックが外される。

「ここも？」

器用にブラジャーを抜き取られて、シャツ越しに胸の先端をコリッと弾かれた。まだ布があるというのに、どうしてこんなに感じてしまうのだろう。

「〜〜っ！」

「たまらないって顔してる」

「だ、だって……」

「だって、なに？」

口調は優しいのに、先端を弾く手は止まることを知らないように、ずっとコロコロと弄《もてあそ》んでいる。

「んっ、んんっ、き、……気持ちいい、のっ」

「そう言われると、もっとしてあげたくなるな」

「ええっ？　あ、ひゃぁんっ！」

クリクリコネコネ、執拗に攻めたてられて、ビクビクと身体が震える。

「あっ、あっ、一成さ……もう、イッ――」

達しそうになった瞬間、唇が塞がれた。口内を舌で蹂躙《じゅうりん》され、銀色の糸が絡み合う。それがとても神秘的で、もっともっとほしくなってしまう。

「千咲。ショーツの上からでもわかるくらい、ぐしょぐしょに濡れてる」

「や、やだ。言わないで……」

さっきからずっと、下腹部が疼《うず》いて仕方なかった。内ももがしっとりと湿り気を帯びていることが自分でもわかる。

一成さんがほしくてたまらない。

内ももがヒクヒクする中、ショーツが音もなく抜き取られた。

「ほしいのか？」

「ほ、ほしい、です」

「正直でいい子だけど、まだダメだ」

一成さんの指が肌を滑る。触れられたところ全てが熱を持つように熱い。

「一成さんの手、気持ちいい……です」

「また俺を煽る」

「煽ってなんか――んぁああっ、や、ダメっ……」

太ももを撫でていた一成さんの指が、ぷっくりと膨れた蕾《つぼみ》を弾いた。ちょうど良い強さで上下に擦《こす》られ、頭が真っ白になりそう。

「ダメなのか？」

「い、いいっ、あっ、ダメっ……ぁあんっ！」

「どっち？」

一成さんはふっと笑いながらも、指の動きは止めてくれない。

「ま、またイッちゃ……あぁっ、んくぅっ」

「何度でもイケばいいよ」

肩で息をする私を優しく包み込むように、背中を撫でながら抱きしめてくれる。

何度も果てさせられた私の秘部に一成さんの昂《たかぶ》った熱いモノがあてがわれた。硬くなったそれは、今すぐにでも入りたいと言われているみたいだ。

「あ、ちょっと……待ってください」

「どうした？」

「いつも、してもらってばかりだから。今日は私が……」

「えっ？」

骨抜きにされた身体を無理やり起こし、勢いのまま一成さんに抱きつくように押し倒した。

「ち、千咲？」

少し困惑した一成さんの声音。

「私も一成さんを気持ち良くしてあげたい」

恥ずかしい。だけどきっと、ここは海外で邪魔するものはなにもなくて、窓も開け放たれて開放的な気分になっているから。だから言えたんだと思う。

押し倒した一成さんに跨《また》がり、自分の秘部へ硬くなった棒をあてがう。よくわからないけど、ここかなというところで思い切って腰を落とした。

挿《い》れられるのと自分から挿《い》れるのとでは、感覚が少し違う。自らこじ開けていくのは勇気がいった。でもそれだけいつも一成さんが優しくしてくれてる証拠なのかもしれない。

「千咲……」

「ん……こう、かな？」

ゆるゆると腰を動かしてみる。自分の両手をどこに置いたらいいかわからなくて困っていると、一成さんの手が伸びてきて指と指が絡まる。

「どう……ですか？」

「うん、気持ちいい。千咲を下から眺めるのもいいな。すごくエロい」

一成さんの熱いモノがぐんっと大きくなった気がした。頑張って腰を動かす。一成さんがしてくれるみたいに、腰を打ちつけて……

私の動きに合わせて一成さんの腰がゴンと寄せられる。下から突き上げられる衝撃は自分の腰の動きとは桁違いだ。内壁《ないへき》を擦《こす》られる感覚に「ひゃぁんっ」と吐息が漏れる。

本当は私がそんな動きをして一成さんを気持ち良くしてあげたいのに、難しくてできない。なんて、不器用なんだろう。

「こら、なんて顔してる……」

「だって……上手く……できないから……」

組み敷いていたはずの一成さんが起き上がる。下は繋がったまま、抱きかかえられている状態だ。

「一成さんのこと、気持ち良くしてあげたいのに」

「すごく気持ちいいって思ってるよ」

「私も一成さんのこと、啼《な》かせたい」

一成さんはいつもクールだから、たまには悶えている顔とか見てみたいんだけど、それには私のテクニックが足りないと感じる。

はぁ、と息を吐いた一成さんは髪を掻《か》き上げる。流し目で悩ましげに眉尻を下げた彼はとんでもなく色っぽくて、それだけできゅんと子宮が疼《うず》いた。

「千咲のその気持ちだけでイキそうだ――」

そう耐え難い顔を見せてくれたのは一瞬で、頭を抱えられて深く口づけられる。貪《むさぼ》るように食べられた唇は、お互いの唾液でつやつやと濡れた。

「俺がしてもらうのも嬉しいし、千咲がそうやって思ってくれることも嬉しい。もうどうにかなりそうなくらい感じてるのだが……」

手が背に添えられる。ゆっくりと体勢を変えた一成さんは、再び私をベッドへ押し倒して見下ろした。

「やっぱり俺は、千咲をグズグズに蕩《とろ》けさせて、これでもかってくらい啼《な》かせたいな」

ゆるりゆるりと腰を打ちつけられる。全身が締めつけられるような感覚の中、せめてもの抵抗で声を上げた。

「い、一成さんの、エッチ！」

「千咲もだろう？」

カアアッと熱が頬に集まる。恥ずかしいからか気持ちいいからか、よくわからない。理性なんてとっくにどこかへ吹き飛んでしまった。

くちゅ……くちゅ……と、広い客室に響く愛の音。

「ぁ……あぁっ……んっ、あっ、もっと……」

「っ、く……たまらないな」

切羽詰まった声が耳を掠《かす》めていく。

「一成さん、いっせ……さんっ……」

何度も名前を呼びながら体にしがみつく。

「——っ、千咲、愛している」

押し寄せる絶頂の波を包み込むように私を抱きながら、一成さんの雄芯もビクビクとナカで震えた。

荒い呼吸の中、再び唇を重ね合う。

幸せで幸せで……どうにかなってしまいそう……

触れ合った肌は気持ちが良くて、一成さんの胸に抱かれながら意識を飛ばした。

いつの間にか陽が傾いて、夕刻になっていた。

ベッドで目を覚ました私は、隣に一成さんがいないことに気付いて体を起こす。部屋を見回してみれば、バスローブに身を包んだ一成さんがバルコニーで風に当たっていた。

「一成さん」

声をかけると、ふっと振り向いて柔らかい微笑みをくれる。

「起きたのか」

「起こしてくださいよ」

「ん、少し無理をさせすぎたかなと思って、反省していた」

「無理なんて……」

心地良い疲労感は無理とかそんなんじゃない。私が全身で一成さんを受け入れて、一成さんも私を受け入れてくれたから。それがどれほど嬉しいか、それを上手く言い表す言葉は思い浮かばない。

だけど——

「千咲、俺と結婚してくれてありがとう」

隣に立った私の肩が引き寄せられる。その胸に、トンと頭を預けた。

「私の方こそ。ありがとうございます」

「結婚してから一年、忙しかったな」

「そうですね。もっと一成さんの力になれたら良かったけど……」

「十分すぎる働きだろう？　それに、側にいてくれるだけで力になる」

妻として、秘書として、もっともっとあなたの力になりたい。私、少しは成長できているかな？

オドオドした私は卒業できたかな？

「これからも、側にいてもいいですか？」

「当たり前だろう。いてくれないと困るよ」

肩に添えられていた手にぐっと力が入るのがわかる。

見上げれば、柔らかな眼差しの一成さんと視線が絡み合って、自然と唇を寄せた。

溢《あふ》れる愛に泣きそうになる。

大好きで大好きでたまらない。

「夕食はルームサービスを頼んでおいた」

「わあ、ありがとうございます。もうお腹ペコペコ」

「ふ、千咲は花より団子だからな」

「はい、旅行中、いっぱい食べます」

力いっぱい返事をしたら、一成さんはくしゃっと笑った。

幸せすぎて胸がいっぱいで……

ああ、そうか。この気持ちを言い表すとしたら「幸せ」以外にないのだろう。

幸せで幸せでたまらなくて。

私は一生、この愛に溺れていたい――

番外編

無意識の恋煩い

俺には五歳年の離れた妹がいる。妹の夏菜はこの四月から高校生になったばかり。

そんな夏菜がイライラとしながら荒れている。先ほどから母に、なにやら愚痴を垂れているらしい。断片的に聞こえてくるのは、「高校に行きたくない」ということ。

どうやら塚本屋の社長令嬢だとバレて、その恩恵にあずかろうとする者ばかりが声をかけてくるのが気に入らないようだ。

その気持ちはわからなくもない。そんな奴ばかりではないと思いながらも、実際にそういう奴に出会ってしまうと疑心暗鬼にもなるというものだ。俺にも多少経験がある。

まあ、親が社長だからといって別になにがあるわけでもなかろうに。

「ねえ」

なるべく関わりたくないと気配を消していたのに、いつの間にか夏菜がこちらに来ていた。もそもそと一人食事をとっていた俺は、視線だけそちらに向ける。

「お兄《にい》って友達いるの？」

夏菜が敵意剝《む》き出しの鋭い目を向けてくる。

「……それなりにいるが？」

「嘘でしょ。冷徹無慈悲なお兄《にい》がどうやって友達を作れるわけ？」

我が妹ながらとんでもなく失礼な発言をする。

妹だから、なのかもしれないが、それにしても失礼すぎてため息が出そうになった。これは完全なる八つ当たりだろう。母に愚痴るだけでは物足りないらしい。

「頑張って作らなくてもいいんじゃないか？　そのうち気が合う奴に出会えるだろ」

「ふん、お兄《にい》は楽観的でいいよねー」

冷徹無慈悲だの楽観的だの、夏菜の俺に対する評価がすこぶる悪いようだが、まあこんな程度で目くじらを立てる俺ではない。

「女子はさ、男子と違って面倒くさいのよ。ほんと、嫌になる」

「お前の性格はなんか男っぽいしな」

「お兄《にい》に言われるとなんかムカつく」

夏菜は大げさに頬を膨らませ、やはり八つ当たりとばかりに俺にパンチを繰り出した。それを軽くいなしながら、もそもそと食べる。

「あー、ムカつく！」

ふん、とまるで俺に非があるかのように吐き捨てて、夏菜は自分の部屋へ戻って行った。

こんな妹でも、兄妹なのだからそれなりに可愛い存在だ。

夏菜は物事をハキハキと喋るし、どちらかといえば気が強いように思う。だけど面倒見はいいし、あれでいて意外と寂しがりや。感情を見せるのが下手くそなんだよな。まあ、俺も人のことは言えないけれど。

夏菜の高校生活はまだ始まったばかりだ。夏菜のことを理解してわかり合える友達が、一人でも現れるといいなと、心密かに願った。

そんな出来事からしばらくしてのこと。

夏菜が唐突に友達を家に連れて来た。あれだけ気に入らないと言っていたのに、どうしたというのか。あのあと、無事に気の合う友達を見つけられたということだろうか。

それならそれでいいのだが、あの夏菜が気に入った友達というのが気になって、お節介にも俺は顔を出すことにした。両親も俺と同じ考えだったらしく、玄関に家族全員勢揃いだ。

「あ、えっと、こ、こんにちは。片山……千咲……ですっ。お邪魔します……」

緊張しているのか、若干頬を染めながらおずおずと見上げてくる彼女、片山千咲は、うちの家系では見たことがないタイプの柔らかい雰囲気を持つ高校生だった。

「ごめんね、千咲。家族総出で出迎えて。私が友達連れて来るのが珍しいみたいでさ、千咲のこと気になってるみたい」

「えっ、ええっ、そうなの？　恥ずかしい……」

頬を染めながら、夏菜の後ろに隠れようとする。

ずいぶんと弱々しく、夏菜とは正反対に思えるタイプ。

「まあまあ、上がってちょうだい。夏菜ったらこんな可愛いお友達ができたの。よかったわねぇ」

「ゆっくりしていきなさい」

「あ、お邪魔します……」

父も母もなんだかんだ夏菜のことを心配していたから、本当に友達として大丈夫なのか見極めているようだ。

かくいう俺も、その一人なのだが。

「こっちの無表情なのがお兄《にい》」

顎でくいっと指される。その雑な紹介の仕方はどうなんだと夏菜を見遣《みや》るが、少しも悪びれる様子はない。

「あ、えと、はじめまして」

千咲は真っ赤な顔をしながら、小鳥がさえずるような可愛らしい声で挨拶をした。

夏菜とはまったく違う可愛らしさに、なぜだか胸がざわっとなった。

このとき、塚本家は完全に千咲を認めたのだと思う。

両親はなにも言わずニコニコしていたし、なにより夏菜が「高校に行きたくない」と言わなくなった。その代わり、夏菜はしょっちゅう家に千咲を連れて来るようになった。よほど気が合うのだろう。

俺はといえば、顔を合わせれば挨拶をしたり、テスト前には夏菜に呼ばれて二人の勉強を見てやることも増えた。

そうこうしているうちに、自然に俺は彼女を「千咲」と呼ぶようになり、千咲も俺を「一成さん」と呼ぶようになった。夏菜の友達なのに、まるで俺の友達であるかのように錯覚する。千咲に会えるのが嬉しいと感じるようになったのはいつからだろうか。なにがきっかけなのか、今となってはわからない。けれど、いつしか夏菜が千咲を連れて来ることが楽しみになっていたし、仲良くなるにつれて千咲の笑顔が多くなっていくことに喜びを感じた。

会話をすれば相変わらず頬をピンクに染めるのだが、それがなかなかに可愛らしい。


千咲に出会ってから一年が過ぎ、俺は大学四年生で就職活動に明け暮れていた。とはいえ、父の会社である塚本屋にも内定は決まっていて、あとはどこに内定の承諾を出すかと決めあぐねていた。そんなとき、同級生に塚本屋の社長の息子だとバレて、周囲から妬みや好奇の目に晒されることが多くなってしまった。

夏菜が高校に入って社長令嬢だとバレたとき、自分に取り入ろうとするまわりが気に入らないと言っていた。その気持ちが今ならひしひしとわかる。本当に鬱陶しいと感じることがあるからだ。

まあ、俺の場合は自ら足を突っ込もうとしているわけだから、夏菜ほどやさぐれてはいないのだが。

それを思うとなおさら、夏菜が千咲を好きな理由がわかる気がした。

千咲は、夏菜に塚本家を求めてはいない。ただ一人の友達として、純粋にお喋りに花を咲かせて楽しんでいる。千咲が家に来るのは千咲が望んでいるからではなく、夏菜が自ら連れ込んでいるということも知った。

「夏菜って、千咲のこと好きだよな」

「好き。あの自然体がたまらなく好き。私にはないものいっぱい持ってるし」

「千咲から少し可愛らしさを学んだらどうだ？」

「はあ？　ケンカ売ってんの？」

夏菜にめちゃくちゃ怒られた。

これだけ千咲と過ごしているくせに、夏菜は少しも千咲の柔らかさを学んでいないようだ。

千咲は夏菜の前だけでなく、俺にも両親にも、いつも自然体だ。千咲がニコッと笑うと、場の空気が柔らかくなる。それがとても心地良い。

——可愛くて、たまらない。

そう思った瞬間、俺は千咲のことを「好き」なのだろうかという疑問が頭を過《よぎ》った。

ああ、いやいや、なにを言っているんだ。

バカなことを考えるんじゃない、千咲は高校生なのだ。そんな犯罪めいた考えはやめろ。

この話はこれで終わりだ。

気付き始めた気持ちに、無理やりふたをした。

そう、自分の中で区切りをつけていたのに——


「私、一成さんが好きです」

ある日、思いがけない彼女からの告白を受けて、膝から崩れそうになった。

ふたをしていた気持ちがゴンゴンと出てこようとする。

待て待て、千咲は高校生だぞ。わきまえろ、俺。

目の前の千咲は頬を真っ赤に染め、頑張って伝えてくれたことがわかるくらいに必死だ。その姿は本当に可愛らしくて、いじらしくて、抱きしめたい衝動に駆られる。

無意識に伸ばしかけた手。

千咲にたどり着く前に必死に抑え、ぐっと拳《こぶし》を握った。

「千咲、ありがとう。俺も好きだよ。でも今は付き合えない」

今は、まだ。

だって君は高校生だし、俺はこれから社会人になるし。

きっと、千咲には俺が大人に見えているんじゃないかと思う。そういう、年上に憧れを抱く年頃ってあるじゃないか。幻想や妄想、もしかしたら気の迷いなのかもしれないだろう。

そうやって大人ぶってみたものの、上手く笑えたかわからない。

しゅんと悲しそうな顔をした千咲に、ほんの少しだけ触れたくて、そっと頭を撫でた。

小さくて可愛らしい。さらさらの髪の毛の余韻にいつまでも浸っていたいような、そんな感覚。

この手に絡め取りたくなって、慌てて手を引っ込める。

「また遊びにおいで」

どこまでも大人ぶる俺。

だけど本当は逃げたのだ。あの場に留まってしまえば、俺は千咲を手に入れたくなる。手に入れたらそれで満足できなくなる。千咲はまだ高校生なのだから、わきまえるべきは大人である俺だろう。ちょうど家を出る準備もしていたし、千咲も受験生になる。

この選択は間違っていない、これでいいのだと思った。


それから千咲と会うことはなくなった。

相変わらず夏菜に連れられて塚本家には来ていたようだが、俺は家を出ていたし、仕事の忙しさにかまけて実家に帰ることもしなかった。たとえ帰ったとしても、タイミングよく千咲がいるわけでもない。連絡先すら交換していない。だって千咲は夏菜の友達で、俺とはなんでもないのだから。

後悔や葛藤は死ぬほどした。けれどそれも、時間の経過とともにやがて薄れていった。

◇

母に呼び出されて実家へ顔を出したとき、夏菜が「ちょうどいいところにお兄《にい》が来た」と寄ってきた。

「ねえねえ、千咲って覚えてるよね？」

久し振りに聞く名前に、胸がざわっと揺れた。

もしかして、まだ自分の中にあの時の感情があるのだろうかと疑りつつ、なんでもない素振りをする。

「ああ、覚えているが、どうかしたのか？」

「職を探してるみたいなのよね。お兄《にい》のとこで求人ない？」

「求人か……」

夏菜は大学を卒業し、この春から新社会人になった。ということは千咲は就職浪人か、はたまたすぐに辞めたのか……

そんなことを考えたのは一瞬で、千咲が困っているのならと、とっておきの求人情報を提案した。

そこに、俺の浅ましい考えが盛り込まれていたことは秘密にしておく。

「俺の秘書が辞めたばかりでな、今ちょうど探しているところだ」

「お兄《にい》の秘書？　うえ～お兄《にい》にこき使われるってことだよね。あーやだやだ」

「お前、聞いておきながら……」

「あ、でも千咲って、秘書検定持ってたはずだからちょうどいいかも。その求人、千咲に紹介してもいい？」

「ああ、千咲さえやる気ならすぐに手続きするから、連絡してくれ」

「千咲、まずは断ると思う。でもやっぱりやるって言ってくる気がする。ふふふ、楽しみ」

夏菜はニヤニヤといやらしい笑みを浮かべ、なにか企んでいる様子だ。

なんにせよ、急に訪れた千咲との関わり。もうすっかり疎遠になっていた千咲とまた会うことができるのかと思うと、自分でも気付かないうちに浮ついていたようだ。

「お兄《にい》、嬉しそう～」

「そりゃ、人手不足が解消するに越したことはないからな」

「ふ～ん」

「なにか文句でも？」

「ううん。そういうことにしとく」

後日、正式に千咲がこの話を受けるということを聞いて、やはり自然と頬が緩んだ。

どうやら俺は、今でも千咲のことが気になっているらしい。

◇

コンコンと副社長室の扉がノックされ、リクルートスーツに身を包んだ可愛らしい女性が入ってきた。紛れもない、あの千咲だ。高校生の時よりもぐっと大人びて女性らしくなり、綺麗に化粧をしているのもなんだか感慨深い。

ああ、彼女も大人になったのだな、と思った。

ただ、面影はまったく変わっていない。

「あ、あの、今日からここで働かせてもらうことになりました。片山千咲です。よろしくお願いします」

ぎこちない挨拶が、なんとも千咲らしい。初めて塚本家に来たときのことを彷彿とさせる。

ソファに座るよう促すと、緊張しているのだろうか、なんでもないまっ平らな絨毯に足を引っかけて転倒しかけた。

反射的に手を伸ばして、千咲の腕を絡め取る。

「大丈夫か？」

「す、すみません」

顔を上げた千咲との距離があまりにも近い。

千咲はすぐさま顔を真っ赤にし、ズササッと俺から距離を取った。

「もっ、申し訳ありませんっ」

「本当に、相変わらずだな千咲は。初めて会ったときのことを思い出すよ。あのときも顔を真っ赤にしていたな」

くっと笑えば、千咲は小動物のようにプルプルと恥ずかしがった。

年齢を重ねて大人になったけれど、根本的なところは変わっていない。そのことになぜか安心する。

千咲は千咲で、塚本屋で働くことになっても、やっぱり千咲で。

純粋無垢なところは健在だ。

「あの、私なんかで良かったのでしょうか」

遠慮がちに尋ねてくるものだから困る。

こっちは千咲が良くて採用しているのだから、もっと自信を持ってほしいものだ。きっとそういうところが、面接で上手くいかなかった要因なのだろう。

けれど俺は知っている。千咲は昔からひた向きな努力家で、一生懸命に頑張るタイプ。だから塚本屋でも上手くやっていける、大丈夫だ。

「千咲がいいからオファーした。なにか問題でも？」

ストレートに言えばまた頬をピンクに染める。

そんな奥ゆかしいところも、たまらない千咲の魅力の一つ。

「えっと、これから頑張ります」

深々と下げられた頭にそっと手を伸ばす。

あのときも、こうして触れてしまった。

さらさらの髪の毛は、それだけで俺の心を絡め取ろうとする。

ふたをしてどこかに置き去りにしていた気持ちが、冬眠から覚めるようにひょっこりと顔を出した。

これはやばいな――

本当に、我ながらやばいと実感する。

ふたの隙間から、千咲への想いがじわりじわりと放出される感覚。と同時に、千咲への想いを心の奥底に持っていたからこそ、今までの恋愛が上手くいかなかったのだと思えてくる。

誰かに告白される度に、無意識のうちに比較していたのかもしれない。

俺の理想は千咲で、忘れることができなくて。

本当はずっとずっと、千咲のことが好きだったのだ、と――

今度は必ず手に入れる。

遠慮はしない。

俺の手に絡め取って、俺しか見えないようにグズグズに蕩《とろ》けさせてやる。

〜大人のための恋愛小説レーベル〜

ETERNITY
エタニティブックス

甘い反撃に翻弄されて⁉
隠れドS上司をうっかり襲ったら、独占愛で縛られました

エタニティブックス・赤

加地《かじ》アヤメ

装丁イラスト／南国ばなな

商品企画部で働く三十歳の春陽《はるひ》は、周囲の結婚ラッシュに財布と心を痛める日々。結婚相手どころか恋人すらいない自分は、一生独り身かも——と盛大に凹《へこ》んでいたある日、酔った勢いでクールな上司・千木良《ちぎら》を押し倒してしまって⁉ 「どうやら私は、かなり独占欲が強い、嫉妬深い男のようだよ」クールな隠れドＳ上司をうっかりその気にしてしまったアラサー女子の、甘すぎる受難！

※エタニティブックスは大人の女性のための恋愛小説レーベルです。ロゴマークの色で性描写の有無を判断することができます（赤・一定以上の性描写あり、ロゼ・性描写あり、白・性描写なし）。

詳しくは公式サイトにてご確認ください。
https://eternity.alphapolis.co.jp/

この作品に対する皆様のご意見・ご感想をお待ちしております。

おハガキ・お手紙は以下の宛先にお送りください。

【宛先】

〒150-6019 東京都渋谷区恵比寿 4-20-3 恵比寿ｶﾞｰﾃﾞﾝﾌﾟﾚｲｽﾀﾜｰ 19F
（株）アルファポリス　書籍感想係

メールフォームでのご意見・ご感想は右のＱＲコードから、
あるいは以下のワードで検索をかけてください。

アルファポリス　書籍の感想　検索

ご感想はこちらから

本書は、「アルファポリス」（https://www.alphapolis.co.jp/）に掲載されていたものを、
改題、改稿、加筆のうえ、書籍化したものです。

クールな御曹司《おんぞうし》の溺愛《できあい》ペットになりました

あさの 紅茶 (あさの こうちゃ)

2024年 9月 25日初版発行

編集－木村 文・大木 瞳
編集長－倉持真理
発行者－梶本雄介
発行所－株式会社アルファポリス
〒150-6019 東京都渋谷区恵比寿4-20-3 恵比寿ｶﾞｰﾃﾞﾝﾌﾟﾚｲｽﾀﾜｰ19F
TEL 03-6277-1601（営業） 03-6277-1602（編集）
URL https://www.alphapolis.co.jp/
発売元－株式会社星雲社（共同出版社・流通責任出版社）
〒112-0005 東京都文京区水道1-3-30
TEL 03-3868-3275
装丁イラスト－冬夜
装丁デザイン－AFTERGLOW
（レーベルフォーマットデザイン－ansyyqdesign）
印刷－中央精版印刷株式会社

価格はカバーに表示されてあります。

落丁乱丁の場合はアルファポリスまでご連絡ください。

送料は小社負担でお取り替えします。


ISBN978-4-434-34484-8 C0093